Frédéric Valin schildert einen Pfleger in einer Behinderteneinrichtung, die Anforderungen der Arbeit, die nötigen Handgriffe und lässt in der Schwebe, was Routine und was Mitgefühl ist; er zeigt einen jungen Mann, der anlässlich des Selbstmordes einer alten Jugendfreundin in seine Heimatstadt zurückkehrt und feststellen muss, dass er nichts vom Leben seiner Mutter weiß und Empathie verlernt hat; einen alternder Oberbürgermeister, der seine Provinzstadt in neue Hände übergeben will, und im Wahlkampf für seinen designierten Nachfolger mit den neuen Medien konfrontiert wird. Er erzählt von einem armen Schlucker, der mit seiner reichen Freundin in der Vorstadt zusammen ziehen wird, aber gar nicht recht weiß, ob er die Stadtmitte eigentlich verlassen möchte und von einem Trinker, der trinkt, ohne den Rausch genießen zu können. Frédéric Valin erzählt vom Abseitigen im Alltäglichen. Er erzählt vom Umgang mit Behinderung und Tod, Arbeit und Karrieremöglichkeiten, entfremdeten Familien und von Kompromissen, die man in der Liebe eingeht. In diesen Geschichten zeigt sich das große erzählerische Vermögen von Frédéric Valin. Seine genaue Beobachtungsgabe, seine Fähigkeit, diese in eine lakonische und teils melancholische, teils ironische Sprache zu übersetzen - die berührt und beeindruckt.

Frédéric Valin, geboren 1982 in Wangen im Allgäu, lebt seit einigen Jahren in Berlin. Dort studierte er Deutsche Literatur und Romanistik, bevor er begann, als freier Autor und Kulturveranstalter seinen Unterhalt zu verdienen. Im Verbrecher Verlag veröffentlichte Frédéric Valin 2010 den Erzählungsband »Randgruppenmitglied«.

FRÉDÉRIC VALIN

IN KLEINEN STÄDTEN

Erzählungen

VERBRECHER VERLAG

Erste Auflage
Verbrecher Verlag Berlin 2013
www.verbrecherei.de

Einbandentwurf: Sarah Lamparter
Lektorat: Kristina Wengorz
Satz: Christian Walter
Druck: Druckerei Dressler, Berlin

ISBN 978-3-943167-42-9

Printed in Germany

*Der Verlag dankt Adrian Breda und Julia Mielewski.
Der Autor dankt Nele Solf, Inez Mischitz, Juliane Streich
und Guido Weinzierl.*

INHALT

Für Tina

DER VORGANG

Ich stehe in der Zimmertür und atme tief ein; es ist halb zehn, langsam beginne ich zu merken, dass ich die Nacht kaum geschlafen habe. Seit vier Uhr bin ich wach, die ganze Welt ist aus Gummi. Ich gehe zum Fenster und sehe mein Spiegelbild: Die Augen sind rotgerändert, das schmale Gesicht hängt mir müde von den Knochen, es fühlt sich an, als wäre es von einer dünnen Lauge überzogen. Ich reiße das Fenster auf, die kalte Dezemberluft schießt mir in die Bronchien, und ich beginne fast, wieder in Sätzen zu denken statt nur in Stichworten.

Fünf Minuten Pause. Dann Sylvia.

Draußen liegt das Dorf, idyllisch wie aus einem Reiseprospekt geschnitten. Direkt vor der Tür Sportplatz und Kirche, ein paar Therapieräume, ein Bauernhof, mit Schweinestall. Weiter hinten ein kleiner Platz, mit Supermarkt, Friseur, Bäcker und einem Café, ein Ärztehaus, eine

Apotheke. Nichts weiter als ein kleines Kaff, irgendwo weit außerhalb, inmitten eines Waldes, in dem Wildschweine leben.

Und Behinderte. Oder Alte, das ist aus technischer Sicht das Gleiche. Sie wohnen hier, wie sie können, in ambulanter Betreuung oder in Wohngruppen, man hat einen Kindergarten zwischenreingebaut und eine Station zur U-Haftvermeidung für Jugendliche. Weiter hinten stehen noch ein paar echte Häuser, das heißt Häuser, wie man sie kennt: zwei Stockwerke, Gärten, Garage, zwischen hundertzwanzig und zweihundert Quadratmeter Wohnfläche, Giebeldächer und keine Betonrampe vor der Eingangstür. Und alle mindestens mit Zaun, wer etwas auf sich hält, pflegt seine Hecke. Manchmal ein Hund.

Als ich das erste Mal hier herausfuhr, zu meinem Bewerbungsgespräch, dachte ich noch, was es für eine mittelalterliche Idee ist, tausend Alten und geistig Behinderten ein Dorf mitten im Nirgendwo zu bauen, als könne man sie der normalen Welt nicht zumuten. Heute weiß ich, dass es andersrum ist: Die normale Welt ist unzumutbar.

Ich schließe das Fenster und atme noch mal tief ein. Das ist meine achte Woche hier, und langsam gewöhne ich mich an den Geruch. Viele der Bewohner sind inkontinent, in der Kammer lagern wir die Nasswäsche in einem Plastikeimer, da riecht es raus. Ich war mir vorher sicher, dass ich das eklig finden würde, aber schon vor der dritten Schicht fand ich, dass diese süßliche, warme Note etwas Entspannendes und Heimeliges hat.

Ich stelle mich auf die Feuertreppe und rauche noch eine; es ist kurz nach halb zehn, fünf der sechs Bewohner sind bei der Arbeit oder in der Tagesgruppe. Nur Sylvia liegt noch im Bett und schläft. Es gibt einen festen Plan, an den man sich halten muss, wenn man fertig werden will: Wer wann frühstückt, wann die Wäsche weggebracht wird, wann die Küche gesäubert, der Geschirrspüler ausgeräumt und Essen eingekauft wird. Es ist nicht wie in der häuslichen Pflege, man muss sich nicht sklavisch daran halten, man verliert kein Geld, wenn man die Wäsche nicht einräumt, weil einer der Bewohner an einem Tag besonders viel Zuwendung braucht und mit mir darüber diskutiert, ob er tatsächlich sein Frühstück essen muss oder nicht; aber es gibt kaum eine Minute, in der man nichts zu tun hat.

Zum Glück schläft Sylvia sehr viel, deswegen können wir uns um sie, die viel Zeit fordert, kümmern, wenn alle anderen außer Haus sind. Sylvia ist der einzige Pflegefall bei uns, wir haben es da gut, andere Gruppen haben bis zu vier solcher Fälle, da ist man nicht mehr weit entfernt von den Waschstraßen in den Altenheimen. Das sind die FLW-Gruppen: Füttern, lagern, windeln. Und wenn es nicht mehr geht, kriegt einer der Bewohner einen Katheter.

Es ist auch bei uns abzusehen, dass es mehr Pflegefälle geben wird, mit jedem Jahr steigt die Wahrscheinlichkeit. Noch nie in der Geschichte sind Behinderte so alt geworden wie heute, die Grundversorgung hat sich verbessert, die medizinische Diagnostik hat sich verfeinert, es kommen immer bessere Medikamente auf den Markt. Außerdem lebt niemand so gesund wie ein Behinderter: Die meisten trinken keinen Alkohol, rauchen nicht, sie haben einen geregelten, fest gefügten Tagesablauf, einigermaßen ausgewogene Ernährung, ständig irgendwelche Vorsorge- und Kontrollbesuche bei Ärzten. Und weil die Bewohner so gut versorgt werden, werden sie alt und bekommen Krankheiten, von denen man früher nicht ahnte, dass sie auftreten könnten.

Sylvia zum Beispiel ist doppelt belastet: Einerseits ist sie Epileptikerin, sie bekommt seit früher Kindheit Medikamente gegen ihre Anfälle. Epilepsie, so hat man uns das erklärt, kommt durch Verletzungen im Gehirn, die dazu führen, dass sich dort Impulse stauen, weswegen die Nervenzellen im gleichen Rhythmus zu feuern beginnen, anfangs wenige, dann immer mehr, bis es das komplette Organ befallen hat. Man hört immer, es sei wie ein Gewitter im Kopf, aber ich stelle es mir mehr wie einen Marsch auf einer Militärparade vor; die Glieder können dann gar nicht anders, als im Takt der Nervenzellen zu zucken. Nach einer

Minute ungefähr ist alles vorbei, dann hängt Sylvia schlaff im Rollstuhl, derart erschöpft, als wäre sie gerade einen Marathon gerannt.

Wodurch die Anfälle ausgelöst werden, wissen wir nicht genau; ist es das Wetter? Schnell wechselnde Lichtverhältnisse? Laute Musik, hat sie zu wenig geschlafen? Ist sie traurig, hat sie sich über etwas zu sehr gefreut? Ist es Verunsicherung, haben wir sie erschreckt? Mein Gott, ist es überhaupt Epilepsie?

Das immerhin müssen wir annehmen, nach Aktenlage ist sie es, und es gibt ja auch Anzeichen: dass Sylvia so oft unkontrolliert mit dem Fuß wackelt, die Lippen kräuselt, den Mund leckt, unwillkürlich die Arme hochreißt. Außerdem ist es schon einmal diagnostiziert worden vor langer Zeit, deswegen geben wir ihr weiter Antiepileptika. Im Grunde sind das nur starke Beruhigungsmittel, die Sylvia möglichst umfassend sedieren, damit die Welt ihr Hirn nicht überanstrengt.

Die meisten Antiepileptika sind Teufelszeug, zumindest, wenn man sie falsch dosiert. Antiepileptika wirken aufs Kleinhirn, und wenn man lange genug die falsche Dosis nimmt, hat man oberhalb des Rückenmarks nur noch Apfelmus. Leider wusste man, als man die Medikamente entwickelte, nichts von den Langzeitnebenwirkungen, die durch Überdosierung entstehen können, deswegen hat man sie in die Kranken reingestopft wie Aspirin. Inzwischen gibt man weniger, weiß aber immer noch nicht, was das dann langfristig mit den Patienten macht.

Wie gesagt, einerseits.

Andererseits, Sylvia ist Downie. Trisomie 21 sagt der Mediziner, ältere Kollegen sagen Mongo. Die Terminologie ändert sich alle zehn Jahre, je nach gesellschaftlicher Gesamtlage. Downies jedenfalls beginnen in der Regel mit Ende vierzig, Anfang fünfzig dement zu werden, Alzheimer, warum, darüber gibt es nur Vermutungen. Die Erkenntnis ist auch noch nicht so alt, früher hat man das nämlich nicht mitbekommen, weil Trisomie 21 recht oft mit Herzschädigungen einhergeht. Ich meine, Sylvia hatte bei der Geburt zwei Herzklappenfehler und ein Loch in der Scheidewand, die hatte gar keinen Muskel in der Brust sitzen, das war mehr ein leerer Luftballon. Wäre sie zwanzig Jahre früher geboren, hätte man das niemals operieren können, und wer weiß, vielleicht hätte sie nie das Alter erreicht, um Alzheimer zu bekommen, sondern wäre irgendwann einfach zusammengeklappt.

Ich gehe zurück in Sylvias Zimmer, sie liegt im Bett und spricht, ich weiß nicht mit wem, ich verstehe auch nicht alles. Sie stottert, außerdem redet sie in einem Dialekt, den ich nicht beherrsche, ich weiß nicht einmal, wo ihre Sätze anfangen oder aufhören. Sie ist noch nicht sehr lange da, drei Monate oder so, bis dahin hat sie in ihrem Elternhaus gelebt, doch da die Mutter alt und gebrechlich wurde, musste sie nun zu uns. In der Zwischenzeit hat sich ihr Zustand sehr verschlechtert; keiner weiß warum. Sie kann inzwischen kaum mehr auf den Beinen stehen, vielleicht sind es die Medikamente, vielleicht ist sie falsch eingestellt; vielleicht ist es ein Demenzschub, und sie hat vergessen, wie das geht: auf den Beinen stehen. Vielleicht ist es auch eine Depression, weil sie jetzt von der Mutter getrennt ist, die sie ein Leben lang um sich hatte, und jetzt wacht sie statt in ihrem Bett jeden Morgen bei uns auf und weiß nicht, was sie hier soll. Vielleicht hat sie Schmerzen, vor vier Monaten ist sie die Treppe hinuntergestürzt und hat sich den Knöchel angeknackst; kann sein, dass das noch nicht recht verheilt ist. Vielleicht ist es eine Thrombose, ihre Venen im Oberschenkel fühlen sich an wie Stacheldraht, völlig verhärtet und wenn ich versehentlich draufdrücke, schreit sie manchmal, manchmal nicht. Ich weiß es nicht, und wenn ich sie frage, was sie hat, schaut sie mit ihren wässrig blauen Augen rechts neben mich, als wäre ich ein Zeuge Jehovas. Ich bin immer überrascht, keine Miniatur-Flugzeugschatten auf ihrer Iris vorbeiziehen zu sehen.

Vor zwei Wochen haben wir sie ins Krankenhaus gebracht, wir wussten nicht weiter. Die Ärzte sagten, sie schlafe viel, und dass sie hohe Entzündungswerte habe, ohne Befund. Sie haben ein großes Blutbild gemacht, ein CT, ein MRT, sie an Infusionen gehängt und unzureichend gelagert. Dann haben sie oB in die Akte geschrieben. Woher kommen denn die Entzündungswerte, haben wir gefragt, hat sie eine verunreinigte Blutspende bekommen? Sind es die Zahnruinen, die in ihrem Mund faulen? Kann es vom Knöchel kommen? Man hat die Schultern gezuckt und uns ratlos ins Gesicht gesehen, dann haben sie Breitbandantibiotika in Sylvia reingeschüttet, bis die Werte wieder vertretbar waren. Und dann haben sie sie entlassen. Am Ende hat ein Arzt gesagt: »Sie wissen ja, wie das enden wird.«

Jetzt ist sie seit drei Tagen wieder hier, es ist mein erster Frühdienst seither. Ich ziehe mir die Gummihandschuhe über, wir werden gleich duschen, und setze mich zu ihr ans Bett. Sie liegt auf der rechten Seite und hat ihre linke Hand unter ihr Gesicht geklemmt, sind das Zahnschmerzen oder ist es nur eine Schutzhaltung? »Wie geht's dir denn heute?«, frage ich, ob sie überhaupt weiß, wer ich bin? Ich streiche ihr die nachtschweißnassen Haare aus der Stirn, sie macht irgendwas mit ihren Gesichtsmuskeln, ich weiß nicht, ob es Überraschung bedeutet, Freude oder Angst.

»Sylvia«, sage ich, »hast du gut geschlafen?« Ihre Hand beginnt zu zittern, ihre eingefallene Wange vibriert mit; sie hat viel Gewicht verloren im Krankenhaus, vielleicht ist sie deswegen so schlecht auf den Beinen, weil sie keine Energie im Körper hat. Ich muss sie aufsetzen, um den Kreislauf in Schwung zu bringen, ich sage: »Sylvia, wollen wir was frühstücken?« Sie antwortet nicht, irgendein Geräusch kommt aus ihrem verschlossenen Mund, schwer zu sagen, ob es ein Brummen ist oder ein Rülpser.

»Komm«, sage ich, ich fasse ihr an die rechte Schulter, um sie auf den Rücken zu drehen; sie fühlt sich weich an wie ein überreifer Pfirsich, wenn ich jetzt fest zugreife, denke ich, zerbröselt sie mir in der Hand. Kaum dass ich sie anhebe, fängt sie das Schreien an, kraftlos und leise, oder ist es nur ein Murren? »Kuck mal«, sage ich, »draußen scheint die Sonne«, ich zeige aufs Fenster, sie sieht an die Decke und hat die Augen zusammengekniffen. Dann, als sie kurz hinsieht, fasse ich unter ihre beiden Arme, drehe sie zum Bettrand und richte sie auf; sie sagt nichts, vielleicht habe ich sie überrascht. Verwundert sieht sie sich im Zimmer um, bis ihr Blick auf mich fällt, dann grinst sie und sagt: »Lass mal, du alte Schachtel!« Es geht ihr also ganz okay so weit.

Das wäre jetzt die Gelegenheit, sie ein bisschen aufzuziehen, damit sie sich ärgert; Leute mit Demenz sollen sich viel ärgern, anscheinend verzögert das den Krankheitsverlauf, zumindest sagt das der Hausneurologe. Das ist eine klassisch medizinische Herangehensweise, denke ich, wir verschlechtern die Lebensqualität, um die Lebensdauer zu verlängern; außerdem bin ich viel zu müde, um mich jetzt mit Sylvia zu kabbeln.

Sie wird sich ohnehin genug ärgern, denn aufstehn will sie nicht. Sobald ich sie an die Schulter fasse, um sie aufzurichten, beginnt sie, wie angestochen zu quieken. Ich beuge mich zu ihr herunter, immer wieder, das Blut schießt mir in den Kopf und pocht an den Schläfen entlang, meine Augen brennen, als hätte ich meine Lider mit Fußcreme eingerieben, und Sylvia quiekt.

Ich halte mein Gesicht auf einer Höhe mit dem ihrigen, damit sie weiß, woher die Stimme kommt, die ihr immer wieder sagt, dass es jetzt Zeit sei, sich an den Esstisch zu setzen und zu frühstücken, sie keucht immer schwerer und bläst ihren nassfauligen Atem in meine Richtung, wahrscheinlich bin ich noch nie einem Menschen so nahe gewesen. In mir zieht sich alles zusammen, wenn ich könnte, würde ich sie einfach hochheben, aber ich kann nicht, ich bin zu schwach. Ich zerre an ihr herum wie an einer Matratze, die sich im Kofferraum verhakt hat, meine rechte Hand, die ihren Schlafanzug an der Schulter hält, hat sich längst zur Faust verkrampft; als ich die weißen Fingerknöchel sehe, lasse ich ab und atme tief durch. »Ach, Sylvia«, sage ich, sie sitzt mit offenem Mund am Bettrand und sieht verständnislos auf die gegenüberliegende Wand. Dann zieht sie die Mundwinkel nach oben, ist das ein Lächeln? Oder Abscheu?

Ich würde gerne eine rauchen, dann allerdings müsste ich Sylvia wieder ins Bett legen, und das ganze Theater fängt wieder von vorne an. Sitzen lassen kann ich sie nicht, wenn sie von der Kante fällt, bin ich geliefert. Ich gehe zum Fenster und stelle den CD-Player an: Schlager, klar. »Zwei kleine Italiener«, ihr Lieblingslied. Im Hintergrund höre ich sie leise einzelne Silben mitsingen, immer eine halbe Sekunde zu spät, ich bin so müde, ich bin ganz gerührt. Nach einer Minute bricht sie plötzlich ab, ich drehe mich um und sehe in ihr von Anstrengung zerbissenes Gesicht, vielleicht, denke ich, habe ich ihr zu viel zugemutet, vielleicht kann sie einfach nicht mehr sitzen, geschweige denn stehen; kaum bin ich mit dem Gedanken fertig, lösen sich ihre Züge, und sie bekommt genau jenen entspannten Ausdruck um die Mundwinkel, den kleine Kinder aufsetzen, wenn sie gerade geschissen haben.

Ich könnte jetzt lachen. Oder mir an den Kopf fassen.

Ich setze mich neben sie aufs Bett und falte meine Hände ineinander. »Wie wär's, wollen wir jetzt aufstehn?« Sylvia lacht und gibt mir einen leichten Klaps auf den Oberarm. »Du alte Schachtel!«, sagt sie, ich kann mich knapp davon abhalten, zurück zu klapsen. Ich hake sie bei mir ein und stelle mein rechtes Bein vor ihren Körper, damit sie nicht nach vorne rutscht, wenn ich sie nach oben zerre. Sie lässt mich machen, sie beklagt sich auch nicht, im Gegenteil: Alles an ihr ist passiver Widerstand. Kein einziger Muskel ist aktiv, sie hat die Körperspannung eines Bettlakens. Mit dem linken Knie schiebe ich ihren Hintern in die Gerade, mit dem rechten Arm halte ich ihre Schultern auf Linie; wie das aussehen muss, denke ich. Als würde ich einen viel zu kleinen Baum hochklettern.

Kaum habe ich ihren Körper in die Vertikale gehievt, fängt sie an, sich zu erinnern, wozu ihre Beine gut sind. Sie steht, wenn auch wacklig, und krallt sich an meinem Pullover fest; direkt auf Höhe der Brustbehaarung, jedes Mal, wenn sie zu sehr ausschwenkt, reißt sie mir den Pelz vom Leib. Nach zwei Minuten macht sie »Puh« und will sich wieder nach hinten sinken lassen; mit letzter Kraft drehe ich sie weg vom Bett und hin zur Tür. Sie macht den ersten Schritt, sie lockert sogar den Griff, ich atme durch.

Der Weg ins Bad ist kurz, es sind vielleicht sieben oder acht Meter. Immer wieder zeige ich auf die Tür, durch die wir müssen, und sage Dinge wie »Komm, Sylvia, das packst du« oder »Schau, da hinten ist der Durchgang, da müssen wir hin«.

Sie ist sehr konzentriert, hin und wieder schnauft sie laut aus oder sagt: »Du alte Schachtel!«, und kichert dann, ich weiß nicht, ob sie sich meint oder mich. Als wir im Bad ankommen, kann ich unsere Körpergerüche nicht mehr unterscheiden.

Wir stehen vor der Toilette, durch das Fenster hinter mir höre ich Clara reden. Clara ist ein Sonnenschein. Sie wohnt in der Nachbargruppe, eigentlich müsste sie um diese Zeit arbeiten gehen, vielleicht ist sie krankgeschrieben. Die meisten der Bewohner hier gehen in Werkstätten arbeiten, wo sie Verpackungsmaterial in Kartons stopfen oder Schaltknüppel für Autos zusammenschrauben. Das ist Teil des großen Inklusionsplanes: Behinderte sollen so weit wie möglich in die Gesellschaft integriert werden, dazu zählt vor allem ein geregeltes Arbeitsleben. Wenn man Clara trifft, wie sie per Fahrdienst von ihrer Arbeit nach Hause gebracht wird, und sie fragt, wie ihr Tag gewesen sei, zählt sie immer erstmal auf, was es da zu essen gegeben hat.

Wahrscheinlich hat die Kollegin sie etwas einkaufen geschickt, Clara geht von sich aus ungern vor die Tür, obwohl sie sehr gut orientiert ist. Sie ist ein bisschen verträumt, und wenn sie ein Blatt findet, das ihr hübsch vorkommt, stellt sie sich dazu, betrachtet es eine Weile und hebt es dann auf: egal, ob es in einem Park liegt oder auf der Autobahn. Sie hat mit ihrer Mutter an einer vielbefahrenen Straßenkreuzung gewohnt, und nachdem Clara von einem Fahrrad angefahren worden ist, hat sich die Mutter nicht mehr getraut, ihre Tochter aus dem Haus zu lassen. Nach ein paar Wochen bekam Clara einen Lagerkoller und hat auf die alte Frau eingeprügelt, die Mutter hat sehr geweint, deswegen ist Clara jetzt hier; hier kann sie bis zur totalen Erschöpfung durch die Gegend tapern, ohne die verkehrsberuhigte Zone zu verlassen oder vom Bus erfasst zu werden, weil sie auf der Straße ein besonders schönes Kaugummipapier gesehen hat, das nähere Betrachtung verdient hätte. Sie kann alleine einkaufen gehen, sie kann sogar vergessen zu bezahlen, ohne dass der Supermarkt die Polizei ruft, und wenn es ihr schlecht geht und sie sich auf den Boden kauert, weiß jeder Passant, dass er sich kurz um sie kümmern muss. Und wenn es draußen unter Null Grad hat, lässt sie keiner alleine nach Hause gehen, wenn sie ohne Jacke auf dem Sportplatz sitzt.

Ich stelle Sylvia vor die Toilette und ziehe die Halterungen herab, damit sie sich festhalten kann. Ich versuche, sie mit dem Rücken zur Schüssel zu platzieren, aber sie steht an den beiden Stützen wie an einem Flipperautomaten. »Wir müssen uns jetzt auf die Toilette setzen«, sage ich, da geht sie sofort in die Hocke. Ich versuche zu lächeln, das könnte auch witzig sein, denke ich, bevor ich mich unter ihrem Arm einhake. »Nein«, sage ich vorsichtig, »nein, Sylvia, wir müssen uns erst umdrehen.« Sie sieht mich verständnislos an, und als ich sie um die eigene Achse drehen will, verzieht sie ihr Gesicht zu einem tonlosen Schluchzer.

Ich schließe kurz die Augen und atme durch angespannte Lippen aus. »Hör mal, ich nehme mir kurz Handschuhe aus dem Regal«, sage ich, ob sie das Wort »Handschuhe« überhaupt versteht? Während ich in den Wäscheschrank greife, bleibt sie reglos stehen; als ich dann ihre rechte Hand nehme, um sie von der rechten zur linken Halterung zu führen, lässt sie mich widerstandslos gewähren. »Komm, wir tanzen eine halbe Umdrehung«, sage ich, stelle mich zwischen sie und die Toilette und greife ihre Hüfte; sie kichert und krallt sich mit der Linken an meinem Oberarm fest, dass ich meine, den Knochen knacksen zu hören.

Kaum ist sie in Position, ziehe ich ihre Hose und die Windel aus, ein Aroma von Ammoniak und Salpetersäure durchzieht den Raum. Ihr Kot ist tief schwarzgrün und pappig, das kommt von den Eisentabletten, die machen, dass man Teer scheißt.

»Sylvia«, sage ich, »setz dich doch mal«, aber sie steht mit durchgestreckten Knien vor der Schüssel und beugt sich immer weiter und weiter nach vorne, bis sie mit der Nase zwischen ihren Knien hängt. Dabei schnauft sie in höchster Anstrengung, ihr Kopf wird rot, gleich wird sie ohnmächtig. »Du musst die Knie beugen«, sage ich vorsichtig, und sie wispert: »Ich trau mich nicht!« Ich schiebe ein bisschen, ich fasse unter ihre Knie und versuche, sie nach hinten zu kippen, sie aber wimmert nur und sagt immer wieder nein. Nein. Nein. Ich weiß nicht, was mich so zusammenschnürt, ist es der Ärger oder das Mitleid? Ich hätte gerne einen Gummiball, um ihn kaputt zu kneten. Dann, plötzlich, nachdem ich ihr minutenlang gut zugeredet habe, mein Gesicht immer auf der Höhe des ihrigen, seufzt sie kurz, lässt sich zurückgleiten, lächelt und sagt: »Geht doch.«

Der Vorgang scheint sie aufgeweckt zu haben, sie hibbelt, während sie sich erleichtert. Ich bleibe bei ihr, damit sie mich immer wieder »alte Schachtel« nennen kann, außerdem muss ich nachsehen, was der Fußpilz macht, der ihr die Zehennägel abfrisst. Downies haben oft Fußpilz, weil ihr Immunsystem schwach ist; die fangen sich auch jeden Infekt ein, der in ihre Nähe kommt. Ich schmiere Canesten-Salbe auf ihre gelb endenden Zehen, das bringt zwar nichts, doch es gefällt ihr, sie ist ganz schön kitzelig. Sie kichert die ganze Zeit, und wenn sie kurz Pause macht, höre ich ein leises Plätschern. Als sie fertig ist, frage ich, ob sie gewaschen werden möchte, sie sagt nein und grinst. »Lass mal!«, sagt sie, ich frage, ob sie schmutzig bleiben will und streng riechen, sie schüttelt den Kopf.

»Willst du von einer Frau gewaschen werden?«, frage ich, Sylvia schweigt. »Oder sollen wir uns mal kurz sauber machen?« Sie sieht mich an, gut, denke ich, wenn ich es jetzt nicht mache, kotzt der Spätdienst. Also los.

Fünfzehn Minuten später ist Sylvia gewaschen, gewindelt und angezogen; den Weg an den Esstisch geht sie beinahe selbstständig. Wer weiß, denke ich, vielleicht kommt sie einfach nur schwer aus dem Bett, vielleicht sollte ich sie das nächste Mal länger liegen lassen; ich brühe Kaffee auf – koffeinfrei, ihr Herz – und schmiere ihr ein Frühstücksbrot. Dann gehe ich ins Badezimmer, um dort aufzuräumen. Als ich wiederkomme, liegt sie mit der Nase zuerst auf ihrem Teller, das ganze Gesicht voller Erdbeermarmelade, und schnarcht. Den Kaffee hat sie umgeworfen. Gleich wird das Mittagessen geliefert.

Ich lege Udo Jürgens in den CD-Player und rüttele ihre Schulter, ein bisschen zu fest, ich glaube, mein Rücken knackt. Wahrscheinlich habe ich mich vorhin verhoben, wenn das so weitergeht mit Sylvia und wir uns nicht bald einen Lifter anschaffen, lauf ich in sechs Monaten im Korsett rum. Wenn ich Glück habe, halten die Bandscheiben, bis mich die Einrichtung entfristet, dann schicken sie mich wenigstens auf Firmenkosten in die Kur, statt schlicht den Vertrag nicht zu verlängern. Dann kann ich mir was Neues suchen, nicht dran denken, sage ich mir, da fällt mir auf, dass Sylvia quiekt; ich hab mich versehentlich auf ihre Schulter gestützt.

»Willst du was trinken?«, frage ich, ich kenne die Antwort schon und gehe zum Kühlschrank. Sie trinkt nur kaltes

Wasser oder alkoholfreies Bier, und seit dem Krankenhausaufenthalt selbst das nur unwillig. Wenn man jetzt mit der Schnabeltasse zu ihr kommt, wird sie ärgerlich und will es selbst versuchen. Aber ihre Hände wissen nicht mehr, wo ihr Mund ist, sie will immer mit dem rechten Auge trinken und schüttet sich das Gesicht voll. Ich versuche, die Handführung zu übernehmen, sie sagt: »Lass mal«, wir rangeln ein wenig um die Tasse, als ich ihr den Vorsatz zwischen die Zähne schiebe, lässt sie einfach den Mund offen, und alle Flüssigkeit rinnt ihr Kinn runter auf den Pullover. Ich habe vergessen, ihr einen Latz umzulegen.

Ich hole ein bisschen Küchenrolle und wische ihr das Dekolleté sauber; 400 Milliliter muss ich in sie reinkriegen, damit wenigstens irgendwas im Trinkprotokoll steht. Sie braucht mindestens einen Liter Flüssigkeit pro Tag, ansonsten soll ich den Bereitschaftsarzt rufen, dann kommt sie wieder ins Krankenhaus, an den Tropf, dann wird sie vier Tage gewässert wie ein Garten. Sobald sie wieder einigermaßen Blut im Körper hat, kommt sie zurück, das Spiel kann man ewig spielen, die Ärzte sagen, noch maximal zwei Jahre.

Sylvia singt, immer anderthalb Sekunden hinter dem Takt, dass sie noch niemals in New York war. Dabei schaukelt sie mit dem Kopf, vor und zurück, vor und zurück. Ich nehme den Becher und schiebe ihn zwischen ihre

Zähne. Sylvia schluckt vor lauter Überraschung fast das komplette Wasser, bevor sie nach mir wischt; ich weiche nicht aus. Dann sagt sie: »Du alte Schachtel!«, und lacht.

LEA LACHT

Draußen brandet das Meer an den Sandstrand. Viel zu aufgeregt, es ist eben ein Ozean. Währenddessen bläst der Wind gleichbleibend stark vom Atlantik her, ohne Weiteres von den brechenden Wellen übertönt. Eine Möwe steigt mir entgegen, als gäbe es sonst nichts zu tun, hin und wieder kreischt sie vor Vergnügen – obwohl, ich weiß nicht: Ob Vögel überhaupt Vergnügen empfinden können? Wahrscheinlich nicht. Die weißen Häuser über den Felsen sehen schmutziger aus als sie sind, bei Weitem nicht so adrett, wie ich sie von der Fahrt vom Flughafen in Erinnerung habe. Vor dem Fenster eine Palme, deren Blätter die nächsten Tage darum kämpfen werden, in eine ruhige Lage zu kommen. Meer, Möwe, Palme. Was sein muss, muss sein.

Die Gegend hier ist jetzt, Ende März, spärlich besucht. Nur wenige der Hotels an der Küste sind ausgebucht. Auf der Promenade spazieren Rentner mit blaugeäderten Beinen und schlaffen Armen entlang, sie tragen Kleidung, die aus einem Caritas-Sack stammen könnte, das Alter hat sie jede Scham vergessen lassen. Sie sind hier ohnehin unter sich. Solange sie beim Frühstücksbuffet nicht tot in die Bohnen kippen, interessiert sich keiner für sie. Es wird Englisch gesprochen und Deutsch, die lebenslustigeren unter ihnen haben sich drei Brocken Portugiesisch antrainiert. Fatura. Obrigado. Boa noite.

Das also ist die westliche Algarve. Hierher also wollte ich schon immer. Hier hat alles angefangen: die Moderne, die Entdeckung Amerikas, die Kolonialisierung Afrikas, die Unterwerfung des Fernen Ostens. Davon wollte ich in der Schule hören, von Heinrich dem Seefahrer und seiner Akademie in Sagres mit all den Kartografen, Navigatoren, den Astronomen und Geografen; stattdessen gab's immer nur Zweiter Weltkrieg, Holocaust, Stalingrad, Kapitulation, Teilung, Mauerbau, Ende des Schuljahrs.

»Das sieht richtig nett aus hier, nicht so zugebaut wie an der Costa del Sol«, sagt Lea.

»Hm«, antworte ich. Das stimmt natürlich, es ist hier adretter als in Spanien oder an der französischen Mittelmeerküste. Allerdings müsste man halt auch wissen, warum das hier netter aussieht. Ich weiß das, Lea weiß es nicht, aber es wäre eine schlechte Idee, jetzt einen Vortrag anzufangen, schließlich wollte ich hierher, nicht sie. Ich musste sie lange überzeugen, damit sie überhaupt mit mir in den Urlaub fährt, und dann auch noch hierher, in die Touristenhölle. Ich sollte sie jetzt nicht langweilen, und Vorträge langweilen sie recht schnell.

Es ist nicht ganz einfach mit Lea. Das sagt man so, nicht? Aber es ist gelogen, es ist sehr einfach: Wir waren einmal ein Paar, jetzt nicht mehr. Wir kennen uns seit langer Zeit, wir sind schon zusammen zur Schule gegangen; ich weiß nicht mehr, ob wir uns damals mochten. Wir haben dann in unterschiedlichen Städten studiert, sie in Hamburg, ich in Köln. Ihre beste Freundin wohnte bei mir um die Ecke, und immer, wenn sie zu Besuch kam, saßen wir irgendwann zu dritt in der Kneipe und tranken. Einmal ist sie nicht mit ihr nach Hause gegangen, sondern mit mir; sie blieb den Rest des Wochenendes und am Montag verpasste sie den Zug zurück. Eine Woche später fuhr sie dann doch. Das ging gut ein halbes Jahr, dann hat sie jemanden kennengelernt, von dem sie glaubte, dass er ihr besser ins Konzept passt. Das stellte sich später als Irrtum heraus.

Lea ist begabt darin, sich zu irren. Sie entscheidet sich schnell dazu, begeistert zu sein, sie macht aus jeder Laune ein Gefühl. Sie liebt Anfänge, das Gefühl des Aufbruchs, sie stürzt sich auf Männer, wie sie sich auf ihr Abendessen nach einem langen Arbeitstag stürzt, mit unbändiger Gier, ohne Abwägungen, mit einer grauenvollen Lust an diesem einen Moment. Wenn sie das Wort »Lebensweg« hört, lacht sie, immer. Für sie ist das Leben ein riesiger, offener Platz, und sie läuft auf die Nächstbesten zu und fragt, wohin sie gerade gehen; dann begleitet Lea sie ein Stück oder auch nicht.

Ich habe sie für diese Leichtigkeit oft beneidet, inzwischen verachte ich sie deswegen ein bisschen. Ich habe ihr das bereits gesagt, sie hat gelacht und geantwortet, das sei der Neid, weil ich alles so schwer nehmen würde. Ich solle, sagte sie damals, mal aufhören, immer nur schwarze Hosen zu tragen und in jedem Vogel ein Omen zu sehen. Dann hat sie gesagt, dass wir mal zusammen wegfahren sollten, am liebsten in die Karibik. Oder Neuseeland. Wie oft ich ihr schon erzählt habe, dass ich Europa nicht verlassen kann? Doch sie vergisst es immer, sie kann sich einfach nicht vorstellen, dass es das gibt.

Das Zimmer geht zum Ozean, das kostet zwar ein wenig mehr als eines zur Straße hin, aber wir werden dafür die Abende auf dem Balkon einläuten können. Ich habe eine Flasche Martini gekauft, die wir trinken wollen, bevor wir uns das erste Mal Albufeira ansehen.

Lea ist noch im Bad, sie braucht dafür immer etwas länger, ich trinke das erste Glas ohne sie, an die Brüstung des Balkons gelehnt, und starre auf die Brandung. Die Gischt malt immer neue und immer andere Formen auf die Wasseroberfläche, komplizierte Muster bauen sich auf und zerfallen wieder, Systeme, die keine Sekunde stabil bleiben, um dann sofort zu einzelnen Bläschen zu zerfallen, sich zurückziehen und in sinnloser Beharrlichkeit einen neuen Versuch unternehmen, eine Ordnung zu finden.

Ich habe, denke ich, die Beziehung mit Lea durchaus genossen. Es war entspannend, mit ihr zusammen zu sein; wir hatten vorher gewusst, dass wenig Leidenschaft zwischen uns war, deswegen spielten wir miteinander wie zwei Kaninchenkinder, plüschig und ungefährlich. Wir konnten einander nicht verletzen, weil wir kaum etwas voneinander erwarteten, es war die schiere Harmonie. Diese Beziehung war eine freundliche Ödnis, ein Spa-Hotel: Wellness, bloß kein Abenteuer. Als sie zu Ende ging, haben wir es noch nicht einmal gemerkt, wir schliefen schlicht immer seltener miteinander und irgendwann gar nicht mehr. Jetzt sitzen wir für eine Woche zusammen in einem Hotelzimmer, und ich hatte keinen Augenblick daran gedacht, Kondome mitzunehmen.

Lea kommt auf den Balkon, im Bademantel, und nimmt sich das zweite Glas. Sie setzt sich und schaut auf den grauen Ozean hinaus. »Es ist wunderbar«, sagt sie, ich nicke, dann sage ich: »Schau mal, da draußen, am Horizont, da sieht das Meer ganz still aus.« Sie sieht mich an, solche Sätze versteht sie nicht, weil sie nicht weiß, ob ich das gut finde oder schlecht. Sie denkt in zwei Kategorien, in schön und unschön, in »gefällt mir« und »ignoriere ich«. Sonst interessiert sie nichts. Nur wenn sie etwas nicht versteht, taucht eine dritte Variante auf: Etwas nicht zu verstehen gefällt ihr nicht, weil es ihr das Gefühl gibt, dumm zu sein; außer bei mir. Bei mir lacht sie und sagt, ich solle mich nicht so verkomplizieren. Sie hält sich für klüger, weil sie glücklicher ist mit ihrem Leben; wahrscheinlich hat sie recht.

Der Marktplatz von Albufeira liegt unter drei, vier Bäumen, um ihn herum haben sich Restaurants eingenistet. Und Souvenirshops. Und ein Schnapsladen. Es sieht weniger touristisch aus, als es eigentlich müsste, die weißen Häuser haben dieses gewisse Flair, dem grundsätzlich zu misstrauen ist. »Wie idyllisch!«, sagt Lea, »das ist ja richtig nett hier!« Ich wackle mit dem Kopf, aber ich widerspreche nicht. Ich müsste es doch schön finden, dass es ihr hier gefällt, so wie ich es vorhergesehen habe. Ich habe recht behalten, sie lächelt selig, aber der Triumph fühlt sich fade an.

Auf dem Platz vor den Restaurants stehen Angestellte, insgesamt vielleicht ein halbes Dutzend, und preisen die Speisen an; einer der Männer begrüßt uns auf Englisch und fragt, was wir essen wollen. Lea lässt ihn stehen, sie geht direkt zur Karte, deswegen wendet er sich mir zu: Man müsse ihn entschuldigen, sagt er, es sei eben sein Job. Ja, sage ich, verstehe ich. Ich lasse ihn reden. Ich werde das ohnehin nicht entscheiden. Er fragt mich, ob wir aus Deutschland kommen, ich nicke. »Oh, Germany!«, sagt er. »You are very polite people!«

Lea ruft, sie hat auf der Terrasse Platz genommen, im Restaurant des Lockvogels. Ich deute auf sie und entschuldige mich; im Hintergrund laufen zwei Fernseher mit Spielen der Premier League. »Ich wäre so gerne mal nach London gefahren«, sage ich, ich bin schon betrunken, der Martini. Martini macht mich sentimental. Lea greift mir ans Handgelenk und nickt aufmunternd, dann bestellt sie zwei Sangria. Und die Karte.

Später weiß ich noch, dass das Essen nach nichts schmeckte, und das schlecht. Wir werden uns beide, Lea und ich, nach dem Urlaub einig sein, dass Fett kein Gewürz ist, auch wenn die ganze portugiesische Südküste das zu glauben scheint. Vielleicht liegt es daran, dass hier so viele Engländer Urlaub machen, diese Hunnen der Gastronomie: Wo auch immer sie hinkommen, löschen sie die lokale Küche aus und ersetzen sie durch Hundefraß. Mit Bohnen. Mehr weiß ich nicht mehr von diesem Abend, außer, dass wir uns plötzlich sehr jung gefühlt haben unter all diesen Alten und in einer dieser Bars tanzen waren; ich weiß noch, dass dort viel Musik aus den 90ern lief, wahrscheinlich haben sich all die sonstwo ausrangierten DJs aus dieser Zeit hierher abgesetzt. Wir haben Schnaps getrunken, bis nichts mehr hineingepasst hat, und jetzt liege ich nackt im Bett. Die Sonne scheint. Es ist neun Uhr morgens, wir können also gestern nicht allzu lange durchgehalten haben, denke ich, und dass wir das Frühstück nicht verpassen werden. Neben mir liegt Lea und schnarcht unregelmäßig. Draußen Kirchenglocken, viel heller als in Deutschland. Klar, hier hängt ja auch der Himmel höher, denke ich, da müssen die Töne höher sein; ich bin also noch betrunken.

Ich gehe unter die Dusche und stelle den Hahn auf heiß. Ich kann die Tropfen im Innern meines Schädels hören, ich drehe den Kopf zur Seite und hoffe, dass mir ein bisschen Wasser ins Ohr läuft. Dann hab ich nachher was, worauf ich mich konzentrieren kann, sonst wird der Tag so lang, ich kenn das noch von früheren Urlauben. Bis Mittag ist alles schön, man nimmt sich Zeit und macht all die Dinge, von denen man zu Hause träumt, in Ruhe einen Kaffee trinken, ein bisschen spazieren gehen, ein Buch aufschlagen, entspannt Mittag essen. Und ab 14 Uhr weiß man nicht mehr, was man mit sich anstellen soll, man beginnt, wahllos Museen und Kirchen zu besichtigen, damit man sich sagen kann, man habe was für seine Bildung getan. Man fotografiert sogar ein paar Pietà. Oder einen Brunnen.

Immerhin Letzteres kann man hier nicht machen, hier steht nichts mehr aus dem Mittelalter. Das große Erdbeben, das von Lissabon, 1755, hatte hier sein Epizentrum. Danach war kein Stein mehr auf dem anderen, die Bewohner sind fast alle verschüttet oder erschlagen worden oder sind hinterher an irgendwelchen Infektionskrankheiten eingegangen. Hier war ja jahrhundertlang gar nichts mehr außer ein paar Fischern und Bauern, die alle 50 Jahre einmal von einem Feldzug oder einem Piratenüberfall heimgesucht wurden. Da hatte man keine Zeit, Monumente für die Ewigkeit aufzubauen.

Lea schläft immer noch, unten im Frühstücksraum sitzen die Rentner zusammen. An zwei Tischen wird laut gesprochen, an beiden sitzen ausschließlich Frauen, Freundinnen auf großer Fahrt. Eine schildert mit leicht schwäbischer Einfärbung, wie sie gestern Abend von einem Herrn in den Siebzigern zum Essen eingeladen worden sei, ihr faltiges Dekolleté ist langustenrot, dazu passend trägt sie ein elegantes, waldgrünes Ganzkörperkleid, sie hat einen schulterlangen Ohrschmuck, aber nur auf einer Seite. Sozialpädagogin, denke ich, Doppelname, trägt ihr graues Haar mit Würde. Ich neige den Kopf zur Seite und höre das Wasser durch den Gehörgang glucksen. Nach dem Essen, sagt sie, habe er sie noch aufs Zimmer begleiten wollen, das aber habe sie entrüstet abgelehnt, was der bloß denke, was sie für eine sei, außerdem sei er sieben Jahre älter als sie, das habe sie doch gar nicht nötig. »So was brauch ich nicht«, sagt sie, und schüttelt den Kopf, als hätte jemand an ihrem Ohrfaden gezogen.

Hört das also nie auf, denke ich, schmiere noch zwei Brötchen für Lea und lege mich noch mal hin. Als ich gegen zwei dann aufwache, liegt ein Zettel auf dem Tisch, sie sei schon mal zum Strand, wir könnten uns ja um fünf an der Bar treffen. Ich verbringe den Tag, wie wir die kommenden paar Tage verbringen werden: einmal den Strand ablaufen, Mittag essen, sich noch mal hinlegen, am späten Nachmittag in irgendeiner Bar die erste Flasche Vinho Verde trinken, wiederum etwas essen gehen und den Abend an einem Tresen verhocken, während irgendwo Fußball läuft.

Lea freut sich ausdauernd darüber, dass hier alles so liebevoll gemacht ist, viel besser als in Málaga oder an der Côte d'Azur. Irgendwann reicht es mir, und ich erzähle es ihr doch noch: Das liegt daran, dass die komplette Algarve voller faschistischer Architektur ist. Während Spanien die Costa del Sol mit Hotels für Massentouristen vollgepflastert hat, dachte sich Salazar, der portugiesische Diktator: Nein, Massentourismus ist gefährlich, am Ende bringen die ganzen Proleten aus England und Deutschland uns noch irgendwelche revolutionären Ideen mit ins Land; es reicht ja schon, wenn meine Untertanen sehen, wie dumm und gleichzeitig wohlhabend man in anderen Ecken der Welt sein kann. Da setz ich lieber auf die Reichen, die bringen ähnlich viel Geld und sind meiner Regierungsart traditionell aufgeschlossener als einkommensschwächere Bevölkerungsgruppen. Deswegen setzte man hier auch auf ein gewisses Flair und verfiel auf diesen neomaurischen Stil, obwohl aus der arabisch dominierten Epoche dank des Erdbebens nichts mehr übrig ist. Aber es sieht halt nett aus, im Gegensatz zu den Touristen.

Lea lacht ihr breitestes Lachen, man kann auf jeder Seite drei Backenzähne sehen. »Was du immer für Scheiße zu erzählen hast«, sagt sie, »kein Wunder hast du so oft schlechte Laune.« Ich frage sie, ob sie es nicht furchtbar findet, ein Anhänger faschistischer Architektur zu sein. »Ach was. So hat alles Beschissene auf der Welt noch was Gutes, weißt du?« Während sie spricht, denke ich, dass sie tatsächlich Ähnlichkeiten mit einem Pferd hat: Ihre schulterblattlangen, dichten, leicht gelockten Haare machen ihr Gesicht ganz spitz und lang, sie hat diese gewisse tänzerische Tapsigkeit in ihren Bewegungen, wie ein Fohlen, das sich seiner Kraft noch nicht voll bewusst ist. Sie ist sehr schnell braun geworden, das steht ihr, jetzt sehen ihre Zähne wieder weißer aus. Bisweilen habe ich schon nach dem dritten Bier Lust, sie zu küssen.

Nach ein paar Tagen ist mir mehr als nur ein wenig langweilig; es gibt hier tatsächlich nichts zu tun. Lea liegt den ganzen Tag am Strand, mir ist das zu öde. Ich muss irgendwas sehen, sonst trocknet mir das Hirn ein. Aber Albufeira gibt nichts her: Die kleine Kirche im Zentrum hat zehn Bankreihen, einige angemalte Kacheln an der Wand, einen uninteressanten Altar, nach drei Minuten bin ich wieder raus. Ich gehe zum Hafen, da dümpeln vier Fischerboote vor sich hin. Das ist alles. Die Hauptattraktion hier ist ein Aufzug, der von der Promenade dreißig Meter in die Tiefe zum Strand führt. Momentan ist er wegen Wartungsarbeiten geschlossen.

Ich will nach Lagos, da war damals der erste europäische Sklavenmarkt. Am Busbahnhof sitzen ein paar alte Portugiesen mit Baseballmützen auf dem Kopf. Mein Zahnfleisch brennt, mein Mund ist ganz pelzig, ich sollte den Alkohol ein paar Tage weglassen. Als der Bus kommt, stürmt eine Horde hellhäutiger, großer Teenager aus dem Gebäude und stellt sich in die Schlange. Drei Mädels, ein Typ, Dänen wahrscheinlich, oder Schweden. Ich setze mich nach hinten, großer Fehler, denn sie nehmen die Rückbank in Beschlag. Draußen ziehen entzückende Reihenhaussiedlungen vorbei, die Architekten haben Details der arabischen Vergangenheit eingebaut, orientalische Ornamentik an den Kapitellen der Terrassensäulen, die sogenannten maurischen Schornsteine. Wenn das die Islamisierung Europas ist, von der momentan alle reden, dann immer her damit.

Die Jugendlichen haben Bier mitgebracht, jetzt brechen sie sich die Fingerknöchel beim Versuch, es mit dem Feuerzeug aufzustemmen. Sagres heißt das Bier, nach der Stadt ganz am westlichen Ende, vorgestern hat mir ein Barkeeper erzählt, dass es in Lissabon gebraut wird. Hier ist alles Fake, jede Tradition eine Etikette. Wahrscheinlich wird der Fisch in den Touristenrestaurants aus Friesland importiert, denke ich, während sich das Feuerzeug des jungen Mannes mit einem lauten Zischen verabschiedet: Er hat den Kopf abgebrochen. Ich drehe mich um und winke mit der Hand; es ist ein Drehverschluss. Großes Hallo, als ich das Bier geöffnet zurückgebe, sie bieten mir auch eins an. Dann stellen sie sich vor, ich nicke und zögere kurz; ich bin noch immer paranoid genug, um nicht zu wissen, ob ich meinen echten Namen sagen soll oder doch lieber »Paul«.

Die vier kommen aus Roskilde, sie machen einen »girls trip«, sagen sie, der junge Mann lacht verlegen, und die aufgekratzte Blonde mit dem flachen Engelsgesicht neben ihm gibt ihm einen Kuss. Die beiden turteln die ganze Fahrt über, während neben ihnen Nummer zwei – gezeichnet von einer durchsoffenen Nacht – die Augen geschlossen hält und immer wieder leise grunzt, ich hoffe, im Schlaf. Signe, die dritte, hat sich neben mich gesetzt. Sie ist überall rund, die Wangen, die Arme, der Bauch, die Brüste. Sie ist nicht dick, nur ein bisschen mopsig, und auf eine zurückhaltende, selbstbewusste Art fröhlich, wie eine Statue von Niki de Saint Phalle, die man in Schwarz-Weiß fotografiert hat. Sie riecht nach Erdbeerkuchen.

Die vier, erzählt sie, gehen noch zur Schule, Abitur dieses Jahr. Sie spricht wenig, in kurzen Sätzen, und wenn ein Satz zu Ende ist, sieht sie mich mit leicht geneigtem Kopf lächelnd an. Ich weiß nicht genau, worüber man mit Teenagern spricht, und Signe macht es mir auch nicht leicht: Wenn ich ihr eine Frage stelle, zögert sie immer kurz, bevor sie antwortet, als wäre sie ein Brunnen, und die Frage das Geldstück, das ich hineinfallen lasse. »Do you like Portugal?« Einundzwanzig, zweiundzwanzig. »Yes, a lot.«

Erst beim zweiten Bier beginnt sie, ein wenig aufzutauen; später, erzählt sie, will sie einmal studieren, in Berlin, irgendwas mit Kunst, welches denn ihr Lieblingsmaler sei? Einundzwanzig, zweiundzwanzig. Paul Klee. Immerhin nicht Matisse, denke ich. Selbst jetzt, da sie manchmal sogar in ganzen Sätzen antwortet, komme ich mir vor, als würde ich ein Verhör führen. Sie stellt keine Frage, nicht eine; ist das Desinteresse oder Schüchternheit? Bestimmt ist sie nur ein wenig zurückhaltend.

Als sie das zweite Bier ausgetrunken hat, holt sie ihr Smartphone aus der Tasche. Sie lächelt mich an und fragt: »Wanna hear some music?« Einundzwanzig, zweiundzwanzig. Warum eigentlich nicht. Sie steht von ihrer Bank auf, ich rutsche zum Fenster durch, sie gibt mir einen Kopfhörerstöpsel. »You like punk music?«, fragt sie, ich nicke. Kommt drauf an, was sie unter Punk versteht, das sage ich nicht, ich bin noch nicht alt genug, der Jugend einen Vortrag darüber zu halten, wie viel besser die Subkultur in meinen jungen Jahren gewesen ist im Vergleich zu immer – einschließlich aller weiteren denkbaren Zukünfte.

Während wir ein letztes Bier aufmachen, kommt das Keyboard von Nine Inch Nails, E–B–G–D, nicht gerade Punk, aber immerhin No Future. Trent Reznor singt »Every day is exactly the same«, während vor dem Fenster die Mandelbäume in voller Blüte stehen. Das Bier treibt mir den Schweiß aus den Poren. Neben mir hat Signe die Augen geschlossen und sich zurückgelehnt, als wir eine Kurve fahren, rutscht sie von ihrem Sessel zu mir rüber, und ihr warmer Arm klebt an meinem fest, ihr Kopf kippt in Richtung meiner Schulter. Ich könnte ihr jetzt die Hand auf den Oberschenkel legen und abwarten, was dann geschieht, ich bin mir sicher, dass sie nicht schläft. Aber da liegt schon, leicht verkrümmt, ihre Hand. Sie hat viele kleine blonde, schimmernde Härchen auf ihrer leicht angebräunten Haut, es sieht aus wie ein Spinnennetz, noch ein paar Jahre, und der Kokon ist fertig. Ich schiebe zwei Finger meiner freien Hand in ihre, sie fährt mit ihrem Daumen meinen Zeigefinger entlang. Dann seufzt sie und beginnt, regelmäßig und tief zu atmen. NoFX spielen »Linoleum«, sie hat tatsächlich den Musikgeschmack einer 30-jährigen, ich wiederhole den Satz so lange, bis er nicht mehr abfällig klingt. Ihr Kopf drückt unangenehm auf meine Schulter, es ist schwierig, nach so langer Zeit wieder einen Körper bei sich zu haben, schwierig auch, das Bedürfnis zu unterdrücken, sie sofort von mir zu stoßen. Ich muss versuchen, es zu genießen, das sagt Lea immer, und dann lacht sie und nennt sich selbst eine Küchenpsychologin.

Zwanzig Minuten später fahren wir in Lagos ein, der Busfahrer bremst scharf an einer Ampel, Signe fällt fast aus dem Sessel. Sie schüttelt den Kopf, zieht ihre Hand weg und sieht mich überrascht an; dann lächelt sie leise. »Good morning«, sage ich, sie streckt sich.

Die Straßen von Lagos sind menschenleer, nur vereinzelt sitzen kleine Grüppchen auf einer Terrasse und essen. Das Engelsgesicht sagt, sie hätte Hunger, »let's take a seat«, aber ich will nicht, ich will die alten Befestigungsanlagen sehen. Ich hoffe darauf, dass Signe mitkommt, aber sie setzt sich zu ihren Freunden; als ich noch überlege, vielleicht einen Treffpunkt für später auszumachen, sagt sie: »Well, hope to see you again.« Ich nicke. Dann gehe ich. Diese Hemmungen, als müsste ich mich nach all der Zeit immer noch selbst kasteien.

Ich laufe durch Lagos und mache Programm. Im Hafen

liegt eine Karavelle, ein Nachbau, die Boa Esperança. Eine Nussschale, mit zwei Masten, sie sieht völlig verbaut aus. Vorne reckt sich der Bug ein wenig vorwitzig aus dem Wasser, während sich der Aufbau auf dem Heck ängstlich an den Schiffskörper schmiegt. Das Holz ist ganz dunkel, doch gepflegt; betreten darf man die Karavelle allerdings nicht, sie liegt einfach nur da. Weiter hinten, hinter der Kaimauer, schlagen die Wellen zwei Meter hoch auf, und ich denke, dass das Schiff traurig sein muss, hier so nutzlos herumzuliegen, statt draußen auf dem Meer herumzuhüpfen. Das muss der viele Alkohol der letzten Tage sein, Saufen macht mich immer sentimental. Fehlt nur noch, dass kreischende Möwen herumfliegen, und man könnte einen ZDF-Filmschluss draus drehen.

Während ich alleine durch die Stadt gehe, versuche ich, nicht nach den Dänen Ausschau zu halten. Auf dem großen Platz Richtung Hafen liegt rechterhand der alte Sklavenmarkt, da hat man jetzt eine Galerie reingebaut. Davor drängt sich eine interessierte Rentnergruppe – »Krampfadergeschwader« hätte Lea gesagt – und macht Fotos. Irgendwo dahinter ist eine dieser übertriebenen katholischen Kirchen mit tonnenweise Gold an den Wänden und hässlichen Heiligenfiguren aus Holz überall, ich schaue dem heiligen Christophorus ins Gesicht, wie er sorgenvoll das Jesuskind trägt und denke: Nie sieht Christophorus fröhlich aus, es gibt wahrscheinlich keine einzige Abbildung, die ihn fröhlich zeigt, immer macht er dieses halb mürrische, halb traurige Gesicht und guckt auf den Boden, wie er da mitten im Fluss steht und die ganze Last der Welt ... Meine Güte, ist das langweilig, wenn einem keiner zuhört. Ich setze mich auf den Marktplatz und trinke drei Bier; aber die Dänen kommen nicht vorbei. Auf der Fahrt nach Hause schlafe ich ein; als ich aufwache, sind wir fast da. Ich habe wieder diese Tonfolge aus der Werbung im Ohr, Phila-del-phi-a, immer diese Töne, C1 C1 G1 C2 A1, Quarte, Quinte, kleine Terz, den ganzen Weg vom Busbahnhof bis zum Hotel; diese Melodie, die nie wieder weggehen wird, die immer wieder kommt. Sollte ich irgendwann dement werden, ist das sicherlich das Letzte, was ich artikulieren kann. Auf dem Bett liegt ein Zettel; Lea schreibt, sie sei in der Bar, ich solle nachkommen. Ich nehme zwei Tetrazepam und betrachte die Decke, bis ich einschlafe.

Am nächsten Tag, einem Samstag, fällt die Jugend in Albufeira ein. Als ich mittags auf dem Balkon stehe, um zu rauchen, ist die Straße voller langer Haare, enger Jeans, glatter Haut und knapper Tops. Überall sitzen junge Portugiesinnen und schieben sich ihre Sonnenbrillen über die Stirn. Vier Jungs spielen Volleyball, Jungs, denke ich, sie sind vielleicht Mitte zwanzig. Bin ich nicht in einem Alter, in dem ich »junge Männer« denken sollte? Drei Irre gehen gerade schwimmen, bei einer Wassertemperatur von 13 Grad. Morgen werden sie keine Erkältung haben, denke ich, und ich hol mir eine Lungenentzündung, wenn ich nachts ohne Jacke Zigaretten holen gehe.

Lea kommt zu mir heraus, die Haare ganz zerzaust, Ringe unter den Augen, ihr tut es nicht gut, dass wir die ganze Woche durchtrinken. »Meine Güte, was ist denn hier passiert? Haben die einen Jungbrunnen in der Stadt entdeckt?« Ihr Atem riecht ein wenig säuerlich. Ich zeige auf ein paar Rentner, die auf der Hotelterrasse Tee trinken, und sage: »Inzwischen gehören wir zu denen.« Lea schaut mich überrascht von der Seite an, dann lächelt sie. »Du schon«, sagt sie, und als ich die erst halb gerauchte Zigarette über die Balkonbrüstung werfe: »Du siehst aus, als hättest du verdammt schlechte Laune.«

Ich nicke, während sie eine Schale Erdbeeren und eine Flasche Sekt auf den Tisch stellt. Schon wieder Alkohol. Es ist der letzte Tag, morgen fliegen wir zurück; ich werde sicher zwei Wochen Tremor haben, wenn ich nicht mehr durchgehend angesoffen durch die Gegend tapere. Lea zündet sich eine Zigarette an und sagt: »Ich hab gestern den Barmann abgeschleppt, den kleinen Blonden.«

»Gratuliere«, sage ich, während der Sekt meinen ganzen Körper mit Nebel ausfüllt. In mir ist eine leichte Traurigkeit, ich würde gerne weinen, aber es fehlt der Anlass.

»Der ist aus Russland und reist zwei Jahre durch Europa«, sagt Lea. »So was würde ich ja auch total gerne machen. Durch Südamerika. Oder die USA.«

»Du hast Pubertätsträume«, sage ich, »das kommt vom Saufen.«

»Ach, komm schon. Wenigstens drei Monate. Einmal von der Ost- bis zur Westküste, im Auto? Das wäre doch super.«

»Ich setz nie wieder einen Fuß in dieses Scheißland, noch nicht mal, wenn sie mich lassen würden.«

»Ach«, sagt sie, »bist du auch so einer?«

»Was denn?«, frage ich, ich spüre, wie Wut in mir aufsteigt.

»Na, so ein bescheuerter Antiamerikaner.«

Wir haben nie darüber gesprochen, fällt mir da ein, ich hab ihr die Geschichte nie erzählt. Natürlich bin ich davon ausgegangen, dass sie es weiß, jeder weiß es. Sie hat mich auch anfangs oft gefragt, warum ich so viel früher aus Philadelphia zurückgekommen bin, ich habe nie geantwortet; irgendwann hörte das auf, und ich dachte, sie hätte es herausgefunden.

Ich nehme meinen Mund in die Hand, um nichts zu sagen, da sieht sie mich interessiert an: »Sach ma, was ist denn mit dir los? Gehirnschmelze oder was?«

»Hol mal dein iPhone«, sage ich.

Sie schaut mich fragend an, ich nicke, offenbar überzeugend, sie holt ihre Tasche. Ich weiß nicht, ob das eine gute Idee ist, ich bin wie im Blutrausch. Ich muss mich ein wenig nach vorne beugen, um Luft zu bekommen, die Schultern anspannen, denke ich, sonst verkrampfen die Bronchien. Ich beiße so fest ich kann auf meine Backenzähne und hoffe, dass mir einer zerbricht, damit wir das Thema wechseln können; da steht sie vor mir und fragt: »Und jetzt?«

»Google mal meinen Namen«, sage ich. Sie lacht glockenhell und will irgendetwas sagen, aber davor sieht sie mir ins Gesicht, später wird sie sagen, ich sei selbst für meine Verhältnisse kreidebleich gewesen. Ich schwitze, Kreislauf oder Panik, ich trinke einen großen Schluck Sekt, während sie erst die Stirn runzelt, dann die Hand ans Kinn legt, die Stirn zusammenzieht, die Augen aufreißt, mit dem ganzen Oberkörper zu nicken beginnt und – nach kaum drei Minuten – die Backen bläht und geräuschvoll ausatmet. Als wollte sie das Internet auspusten.

»Stimmt das denn?«, fragt sie.

Ich nicke.

»Erzähl das mal«, sagt sie.

»Ich war damals in Philadelphia, Auslandssemester an der Penn, irgendein Stipendium für Hochbegabte. Es war verdammt einsam da, es ist eine Eliteschule, und ich war damals nicht sehr soziabel. The German guy, außerdem um drei, vier Jahre älter als der Rest meiner Kommilitonen, die waren ja alle erst achtzehn oder neunzehn; egal, ich trieb mich viel im Netz rum zu der Zeit, auch in diversen Chatrooms, und da hab ich unter anderem Marla kennengelernt.«

»Marla«, sagt Lea.

»Ja.«

»Und worum ging's in diesen Chats?«

»Na, um was wohl …« Ich zögere. »Anzüglichkeiten.«

»Okay.«

»Sie kam aus dem Norden von Delaware, das ist nicht so weit weg von Philadelphia. Sie hat mir auch erzählt, dass sie erst fünfzehn ist, ich konnte das gar nicht glauben. Wir haben ja nicht nur, na ja, rumgealbert, sondern tatsächlich auch Gespräche geführt; ich hab damals viel gelesen, vor allem die Russen, und sie kannte sich ganz gut mit Dostojewski aus. Welche Fünfzehnjährige kennt sich denn bitte mit Dostojewski aus? Und irgendwann, nach dem zehnten Mal oder so, wollten wir uns mal treffen. In einem Diner oder so, bei ihr ums Eck.«

»Wer hat das denn vorgeschlagen? Sie?«

Ich schaue auf das Meer. Es sind heute mehr Wolken als gewöhnlich, denke ich, und dann: Woher willst du denn wissen, wie viele Wolken hier gewöhnlich herumfliegen?

Dann schüttele ich den Kopf.

»Okay«, sagt Lea. »Und dann?«

»Dann bin ich nach Delaware gefahren, an dem Abend.«

Ich trinke einen Schluck, Lea raucht. Ich denke, man müsste ein Kinderbuch daraus machen, dass die Wolken aus den Zigaretten der Erwachsenen kommen, und wenn sie sehr böse sind und rauchen, werden es Gewitterwolken.

»Sollte denn da was laufen?«

»Jetzt lass mich halt zu Ende erzählen. Klar hab ich daran gedacht, dass da was laufen könnte. Aber es war mehr was anderes, sie hat mich bewundert in den Chats, das fand ich toll. Sie fand mich großartig, obwohl es keinen Grund dafür gab. Ich glaube, ich wollte mal wieder angestrahlt werden. Aber im Auto hatte ich viel Zeit darüber nachzudenken, was ich da mache. Ich meine, 15, das ist jetzt auch kein Kind mehr. Aber trotzdem.«

Lea atmet wieder aus und schaut auf den Boden, als müsste sie Kraft sammeln.

»Ja, und dann?«

»Ich bin dann doch zu dem Diner gefahren, um mal zu gucken. Nicht, dass ich was vorhatte, es war mehr so … Ich weiß nicht. Ich hab dann da auf dem Parkplatz gehalten und bin draußen einmal an der Fensterfront vorbei, um zu sehen, wo sie sitzt. Aber da saß niemand, bloß ein paar alte Säcke in einer Ecke und zwei Leute am Tresen. Als ich wieder ins Auto steigen wollte, haben sie mich verhaftet.«

Ich habe Kopfschmerzen, denke ich, obwohl das gar nicht stimmt. Ich spüre jetzt, dass ich geschwitzt habe, das T-Shirt klebt an meinem Rücken, ich kann es nicht einfach ausziehen, nicht nach der Geschichte. Ich lehne mich ein bisschen nach vorne und stemme meine Hände gegen die Lendenwirbelsäule.

»Wie,« sagt Lea, »das war's?«

»Na ja,« sage ich. »Ich war dann einen Monat in Haft, dann gab's ne Gerichtsverhandlung, drei Jahre auf Bewährung. Ich bin direkt zum nächsten Flughafen und zurück nach Deutschland geflogen. Seither steht diese Seite über mich im Internet, dieser Eintrag da, als sex offender. Und der Artikel in der Lokalzeitung. Mit Foto.«

Lea dreht ihre Zigarette zwischen Daumen und Zeigefinger hin und her, während sie konzentriert auf den Fußboden starrt. Als ihr beinah der Filter rausgefallen ist, sagt sie:

»Und das ist alles?«

Ich nicke.

»Und deswegen kannst du nicht mehr in die Staaten?«

»Deswegen kann ich nicht mehr aus Europa raus. Internationaler Haftbefehl, bloß die EU wird mich nicht ausweisen.«

»Und Kuba«, sagt Lea.

»Solang der Castro noch lebt«, sage ich.

Lea steht auf, sie hat keine Zigaretten mehr. Sie fragt, ob sie mir welche mitbringen soll, und vielleicht noch eine Flasche Martini, irgendwas zum Essen, Brot und Wurst und so was, ich nicke abwesend. Bevor sie geht, nimmt sie mich kurz in den Arm; ich bin zu überrascht, um erleichtert zu sein.

Draußen der Atlantik, hinten am Horizont ein Kreuzfahrtschiff, wahrscheinlich auf dem Weg ins Mittelmeer. Ich habe mir das Meer nie anders vorstellen können als einen Ort unendlicher Ödnis. Hunderte von Kilometern Wasserwüste, Abermillionen kleiner Wellen, die an irgendeinem Strand verenden, irgendwo in der Tiefe ein paar Riesenkrabben, hin und wieder mal ein Wal. Neulich hat wieder einer ein U-Boot auf den Grund des Marianengrabens geschickt, um herauszufinden, wie es da aussieht. Aber wer will das denn wissen?

Ich schließe die Augen und versuche, regelmäßig zu atmen; als ich sie zwei Stunden später wieder öffne, ist Lea noch nicht zurück. Sie hat mir eine SMS geschickt, sie habe den Barmann getroffen, jetzt sitzen sie auf der Terrasse unten und trinken Bier. Wenn ich wolle, solle ich dazukommen.

Unten sitzt ein erstaunlich gutaussehender junger Mann

und schaut ganz glasig. Es ist sechs Uhr, ich habe den ganzen Tag über kaum etwas gegessen, als ich einen Schluck von Leas Bier trinke, wird es kurz dunkel in mir. Ich muss mit was Härterem anfangen, vielleicht einem Cocktail.

Der Russe erzählt lustige Geschichten von seiner Europareise, wie er in Paris am Flughafen übernachtet hat und in Rom in den Trevi-Brunnen gestiegen ist. In Deutschland war er noch nicht, vielleicht kommt er uns ja besuchen, Lea lacht nervös, gibt ihm aber trotzdem die richtige Handynummer. Der Alkohol zieht sich mir durchs Rückenmark; wenn ich den Kopf bewege, habe ich den Eindruck zu wabern. Zweimal fallen mir die Nachos mit Käse beinahe aus dem Mund, und es ist mir egal. Im Fernsehen läuft irgendein Fußballspiel, FA-Cup, ich habe langsam Schwierigkeiten, dem Ball zu folgen; als es dunkel wird, ziehen wir in die Stadt.

Der Russe führt uns in eine Tanzbar, zur Begrüßung reicht der Barmann jedem ein Schnapsglas mit blauer Flüssigkeit, süß und klebrig, »Schlumpfpisse«, sagt Lea. Die Bar ist nur zu einem Drittel gefüllt, auf der Tanzfläche staksen zwei blonde Schicksen umeinander, fünf junge Männer stehen drumherum und dancen sich einen aus der Hüfte, als würden sie an Darmverschlingung leiden. Allgemeine Begeisterung, als »Macarena« aus den Boxen dröhnt. Wir bestellen Schnaps, »aber von dem echten«, schreit Lea,

»nicht wieder dieses Feenklowasser!« Der Barkeeper versteht kein Wort, ich lege meine Hand auf ihren Arm und sage beruhigend: »Três tequila.« Auf der anderen Seite des Raumes versucht ein Engländer, auf seinem Stuhl zu tanzen, nach drei Takten fällt er um. Lea spuckt vor Begeisterung den halben Tequila über den Russen, zur Entschuldigung steckt sie ihm die Zunge in den Hals. Während ich mich an die Theke setze, zieht er sie auf die Tanzfläche; sie folgt, etwas widerwillig zwar, aber immerhin. Sie scheint ihn tatsächlich ein wenig zu mögen. Der DJ hat sich die lilafarbene Sonnenbrille in die Haare gesteckt und bewegt den erhobenen Arm zum Takt des nächsten Liedes; dabei spitzt er die Lippen, als hätte er sie versehentlich in ein Staubsaugerrohr gesteckt. Alles, was er auflegt, klingt unangenehm nach 90er, selbst wenn es jüngeren Datums ist, mit diesem eintönigen und hirnlos fröhlichen Beat im Hintergrund und irgendeiner Frauen- oder verzerrten Männerstimme, die drübersingt. Ich bin betrunken genug, um mit dem Fuß ein wenig mitzuwippen.

Plötzlich steht Signe neben mir und legt ihre Hand auf meine Schulter. »How are you?«, fragt sie, »Fine«, sage ich. »How was Lagos?« Sie zögert kurz. »Okay. I hoped to find you again over there, but I didn't.« Hinter der Bar jongliert der Kellner mit Flaschen, die beiden Blonden am Tresen, die Lea offenbar von der Tanzfläche vertrieben hat, applaudieren frenetisch. Wie zum Hohn kommt ein Synthesizer aus den Boxen, G D A E, gleich fängt Michael Jackson zu singen an, dass bald Mitternacht ist und irgendwas Böses durch die Nacht lurkt. »The first acceptable song tonight«, sagt Signe. »Wanna dance?«

Na gut. Lea sagt immer, ich sei ein guter Tänzer, weil man mir ansehen würde, dass ich daran Spaß hätte. Ich habe ihr einmal geantwortet, dass das wohl kein Kriterium sei. Wenn ein Kind Spaß daran habe, Spinnen zu essen, sei das nicht deswegen lobenswert, weil man ihm den Spaß ansähe. Da hat sie gelacht, denn als Lob, sagte sie, wollte sie das auch gar nicht verstanden wissen. Seither brauche ich oft ein bisschen, bis ich in die Bewegung komme, wenn Lea vor mir auf der Tanzfläche steht. Sie weiß das und provoziert mich dann; jetzt zum Beispiel, sie schmeißt die Arme nach vorne, geht halb in die Knie und tanzt mit angezogenen Schultern auf mich zu.

»That's Signe«, sage ich, und in die andere Richtung: »May I introduce? Lea, a good friend of mine. We're here together on vacation.« Wie immer, wenn ich Leute einander vorstelle, werde ich verlegen; Lea küsst mich auf die Wange und schreit: »He's such a great guy, I love him!« Dann dreht sie sich um und fällt dem Russen um den Hals. Signe ist unwillkürlich nähergerückt. Als ich mich zu ihr hindrehe, legt sie mir ganz selbstverständlich die

Hand auf den Bauch. Auch sie hat den Blick gesenkt, als sie aufblickt, küsse ich sie. Es schmeckt nach Rauch und Bier. Lea schreit nach Schnaps, ich löse mich von Signe und grinse sie verlegen an. Ich wünschte, sie würde jetzt einfach nicken, aber stattdessen legt sie ihre Arme um meinen Hals und zieht mich zu ihren absurd weichen Lippen. An ihr, denke ich, während ich nicht weiß wohin mit meinen Händen, ist alles weich, der Rücken, die Hüfte, vor allem aber die Zunge, die sich wie ein kaum noch lebendiges, pelziges kleines Tier über meine windet. Das also kann sie schon mal nicht. Küssen. Ich habe Angst, dass ich ihr beim nächsten Kuss auf die Zunge beißen werde, damit sie sich ein bisschen mehr bewegt.

Wie wir zusammen wohl aussehen? Die Ballkönigin und ihr Begleiter zwischen ihren betrunkenen Untertanen. Wir stehen am Tresen, und ich suche nach Gesprächsthemen, aber worüber spricht man mit jemandem, der noch keine 20 ist? In dem Alter hat man noch nicht viel zu erzählen. Außer man war in einem Jungeninternat und hatte Priester als Lehrer, würde Lea jetzt sagen. Wie sie zu diesem Musikgeschmack gekommen sei, frage ich, sie zuckt mit den Achseln: der ältere Bruder, sie schmiegt sich an mich. Und was sie nach dem Abitur machen wolle? Sie schaut auf, ein wenig überrascht; sie hat recht, ich bin ein Idiot. Smalltalk nie zwischen Küssen und

Ficken, wenn, dann davor. Oder danach. So lehren es die Vorabendserien.

Signe zündet sich eine von meinen Zigaretten an. »Didn't I tell you about Berlin?«, fragt sie, ich nicke unentschlossen. »I may go there, if the artschool will accept me«, sagt sie. »Do you know Berlin?«, frage ich, sie nickt vorsichtig. Sie war mal zwei Wochen da, eine hässliche Stadt, sagt sie, ein grauenhafter Himmel, immer dieser Hochnebel, ob das wohl immer so sei? Ja, sage ich, Berlin ist wie die Karibik, kein Wetter, nur Tageszeiten. Sie lacht. Ob ich die Stadt denn kenne. Ein bisschen, vier Jahre Kreuzberg, das war aber kaum auszuhalten. Sie legt mir die Hand aufs Knie und bestellt zwei Bier. »Why not?«

Ich trinke zwei Schluck, das ist der break even, ab jetzt beginnt der Abend, sich um mich zu drehen. Die Zeit surrt zusammen, mir fallen Wörter aus dem Mund, ich weiß nicht, ob davon irgendetwas einen Sinn ergibt. Berlin, höre ich mich sagen, sei im Grunde nicht anders als Albufeira, ein unwirklicher Ort, der nur noch von seinem Mythos zehrt. So wie hier die Touristen einfielen auf der Suche nach etwas Echtem, einer wahren Geschichte, einem historischen Sinn, einem Lebensgefühl, so falle eine relativ vermögende, internationale Jugend in Friedrichshain, Kreuzberg und Neukölln ein, auf der Suche nach den kreativen Impulsen, dem widerspenstigen Geist einer rebellischen

Jugend und einem abwechslungsreichen, interessanten, spannenden Leben.

»So«, sagt Signe, »you think I'm gonna destroy Berlin.« Sie lächelt. Ich schaukle meinen Kopf, der Nebel in meinem Hirn wabert hin und her. Ich könnte von meiner Kneipentheorie erzählen, dass nämlich die neuen Bars alle keinen Tresen mehr haben, nur noch eine Durchreiche, und dass man deswegen nachts kaum mehr Unbekannte trifft, bloß immer die gleichen Nasen, mit denen man sich in eine der Sessel-Sitzecken verzieht; dass diese gesamte verschissene Gemütlichkeit der neuen Café-Bars zu einer biederen, langweiligen Vereinsamung führt, aber ich weiß nicht mehr, was ich damit sagen will.

»Do you know what a Plumplori is?«, frage ich Signe, sie schüttelt den Kopf. Das seien, sage ich, diese kleinen Primaten, mit flauschigem Fell und riesigen Augen, von denen es inzwischen Hunderte umjubelte YouTube-Videos gibt. Signe nickt. Plumploris kämen aus Indonesien, sage ich, und es seien die einzigen giftigen Primaten, die es gibt; sie seien vom Aussterben bedroht, alle Arten stünden auf der Roten Liste, aber weil man sie für 3.000 Dollar das Stück verkauft bekomme, helfe da kein Gesetz. Man reiße ihnen die Giftzähne aus und verkaufe sie nach Japan oder Russland, wo die meisten in kurzer Zeit an irgendwelchen Infektionen jämmerlich eingingen. Wenn die Besitzer Glück hätten, schafften sie es, ein süßes Video zu drehen, bevor das Vieh eingehe, und damit ein paar Millionen YouTube-Klicks zu produzieren.

»So you tell me they are one hit wonders«, sagt Signe, das hätte ich ihr gar nicht zugetraut. »But where is the connection with Berlin?« Ich stiere auf den Bierfleck vor mir, ich weiß es nicht mehr. Es muss einen geben, sonst hätte ich das nicht erzählt, aber welchen bloß. Ich habe es vergessen und schüttle den Kopf.

Signe küsst mir die Schläfe und sagt: »Time to go.« Ich nicke. Sie steht auf und nimmt meine Hand. Ich sehe mich um, Lea ist verschwunden, der Russe auch. Als Signe aus der Tür tritt, stolpert sie ein wenig. Wir laufen die Straße hoch, dort hinten ist ein kleines Tor, ein Durchgang, dahinter der Strand. Die Straßen sind leer, irgendwo hinter uns besingt eine Gruppe Iren die »Fields of Athenry«.

Wir setzen uns an den Strand, Signe legt den Arm um meinen Hals und zieht mich auf sie. Sie hält die Augen geschlossen, während ich ihre Bluse aufknöpfe; ihre Haut ist ganz hell und feucht, ihr Schweiß riecht würzig wie ein Brühwürfel. Ich schiebe ihren Rock über die Hüfte, während das Rauschen des Meeres mich daran erinnert, dass ich vorher noch mal hätte pissen gehen sollen. Meine Hand legt sich auf ihren Schoß und beginnt zu kreisen; um im Rhythmus zu bleiben, singe ich mir innerlich »Seasons in the Sun« vor, ein Takt eine Umdrehung. Signe hält den Mund offen und atmet tief; hin und wieder stöhnt sie leise, wie zum Beweis, dass sie nicht eingeschlafen ist. Keine Ahnung, wie lang das geht, irgendwann zieht sie ihr rechtes Bein nach oben und legt ihre Hand auf meine; dann küsst sie mich und fasst mir an die Hose.

Ich räuspere mich; »I'm sorry«, sage ich, »I think I'm too drunk.« Sie lächelt. »No problem, I already came«, sagt sie, ich rolle mich neben sie in den Sand, sie legt ihre Hand in meine. Oben die Sterne, ich wünschte, ich würde etwas von Astronomie verstehen. Ich versuche, wenigstens die beiden Wagen zu finden, neben mir beginnt Signe, regelmäßiger zu atmen; dann grunzt sie ein bisschen und legt sich auf die Seite.

Ich befreie meine Hand und gehe zu den Felsen, um zu pissen; als ich zurückkomme, ist Signe verschwunden. Ich stehe ein paar Minuten ratlos herum und rauche eine Zigarette; dann male ich mit dem Finger ein Herz in den Sand, genau an der Stelle, an der wir lagen. Den ganzen Weg bis ins Hotel denke ich, dass es jetzt mal gut sein sollte mit der Sauferei; vielleicht mal 'ne Trockenzeit einlegen, sage ich, immer wieder.

Als ich die Karte ins Hotelzimmerschloss einführe, höre ich bereits Lea, wie sie vor sich hinstöhnt. Sie liegt auf dem Bett, halb unter der Decke, der Russe kniet vornübergebeugt neben ihr und hat seine Hand in ihrem Schritt, während er an ihrer Brust herumfrisst. Sieht aus wie eine Hyäne, die ihren Hunger an einem Kadaver stillt, denke ich, und gehe durchs Zimmer, auf den Balkon, die beiden bemerken mich nicht. Hinten am Horizont fährt ein vollbeleuchtetes Kreuzfahrtschiff vorbei; man ahnt die Lichter mehr, als dass man sie erkennt. So weit, denke ich, und noch ein Stück müsste man also hinausschwimmen, bis man kein Land mehr sieht.

MUTTER

Das Telefon klingelt, er sieht aufs Display und zögert kurz. Es ist Mutter, es ist sieben Uhr abends, ihre dunkle Stunde. Dann hat sie bereits die Flasche Wein geöffnet, und mit dem ersten Glas kommt die traurige Einsamkeit, sie weint oft, sie schüttet Wein rein und raus kommt Wasser, sie macht das wie Jesus, nur andersrum.

Und wenn sie ausnahmsweise noch nicht fassungslos genug ist, um weinen zu können, ruft sie ihn an.

Er hmt und nimmt den Anruf entgegen.

»Mutter«, sagt er. »Wie geht es Dir.«

»Ach, weißt Du …«, antwortet eine heisere, dunkle Frauenstimme. »Es geht schon.«

Sofort steigt der Ärger in ihm hoch, obwohl er sich bereits als er den aufblinkenden Schriftzug sah vorgenommen hat, ruhig zu bleiben. Er sieht an die Decke und räuspert sich.

»Was ist denn?«

»Ich muss Dir was sagen.« Die Mutter klingt zögerlich. »Weißt Du, ich weiß gar nicht, wie ich das ausdrücken soll.«

»Sags einfach.« Sein Fuß zippelt. Immer, wenn er mit seiner Mutter telefoniert, ist ihm, als hätte er zu viel Kaffee getrunken. Die Mutter hingegen schweigt, als würde sie den Moment genießen.

»Weißt Du, Marie ist tot«, sagt sie dann.

»Ach was.«

»Ja, hat sich aufgehängt. Am alten Sägewerk.«

»Ach. Und warum?«

»Das weiß ich nicht«, antwortet die Mutter, als wäre das eine ganz normale Frage gewesen. Er beißt sich kurz auf der Unterlippe herum.

»Die Trauerfeier ist in vier Tagen. Ich kann Dir das Sofa machen, wenn Du magst.«

»Ist gut. Ich muss mal sehen.«

Durch den Hörer kein Geräusch.

»Sonst noch was?« Es klingt viel schärfer, als er wollte, sein Unterkiefer schiebt sich nach vorne.

»Nein. Ich lass Dich dann jetzt mal lieber. Machs gut.«

»Du auch.«

Er legt auf, geht in die Küche und setzt Nudelwasser auf. Er trinkt ein Glas Saft und sieht kurz aus dem Fenster, auf die beleuchtete Häuserzeile gegenüber, und beginnt dann, die Arbeitsflächen sauberzuwischen. Er hat nur noch vier Tage Urlaub dieses Jahr, eigentlich wollte er zwischen Weihnachten und Silvester zu Freunden fahren, soll er jetzt stattdessen nach Hause? Nach Hause, wie leicht man das noch sagt, denkt er, dabei gibt es diesen Ort längst nicht mehr: das Haus ist verkauft, sein Vater am anderen Ende der Republik, die Mutter in ihrer kleinen Wohnung, die Stadt umgepflügt von den Bauvorhaben größenwahnsinniger Investoren. Wie lange ist er nicht mehr dagewesen, vier Jahre? Vielleicht fünf?

Er macht den Fernseher an, setzt sich aufs Sofa und isst. Sein Mund ist trocken, zwischen seinen Zähnen wird alles zu Pappe. Vor ihm liegt sein Tablet, er ruft Facebook auf: keine Benachrichtigungen. Er tippt Maries Namen ins Suchfeld und scrollt über ihre Pinnwand – ein dutzend Einträge vielleicht, immer nur wenige Worte mit vielen Punkten dazwischen. Einige der Gesichter auf den Profilfotos glaubt er zu kennen.

Ansonsten nicht viel; um die hundert Freunde, drei Fotos, im Aktivitätenprotokoll zwei Videolinks, die so alt sind, dass sie ins Nichts verweisen. Er denkt kurz darüber nach, ob er ein Lied posten soll, bei Geburtstagen macht er das auch immer so, um nicht wie die anderen nur alberne Glückwünsche hinzuschreiben, lässt es dann aber; ihm will nichts Passendes einfallen. Stattdessen legt er das Tablet zur Seite und geht schlafen. Zwei Tage darauf, an einem Sonntag, setzt er sich in sein Auto und fährt los.

Er hat Schwierigkeiten, die Adresse zu finden, das Navigationsgerät führt ihn immer wieder in Baustellsackgassen. Der Himmel hängt grau über der Stadt, keine einzige Wolke, nur Hochnebel.

Schließlich stellt er das Auto ein paar Meter weit weg ab, an die große Kreuzung, und steigt aus. Ein schneidender, eisiger Wind zerrt an seinem Mantel, die nasse Kälte zieht ihm die Beine hoch. Trotzdem hält er kurz inne, um sich umzusehen: eine überdachte Fahrradständerreihe links, ein wenig Gras mit einem Baum in der Mitte, dahinter eben jene Kreuzung, eine Straßenbahnhaltestelle, einige dreigeschossige Wohnhäuser, ganz rechts das Betonskelett einer Kaufhauspassage, an dem seit sechs Jahren nicht gearbeitet wird, weil dem Bauherrn das Geld ausgegangen ist. Zwei Autos fahren Richtung Innenstadt, ein Mann in Bomberjacke, Mütze auf dem Kopf, hastet Richtung Kaufhauskadaver. Er zieht die Schultern hoch und geht hinterher.

Die Wohnung der Mutter ist hell und freundlich. Als er sie betritt, steht er mitten im Quergang: rechts liegen ein kleines, gemütliches Badezimmer und der Schlafraum, links eine weitläufige amerikanische Küche, darin ein runder Esstisch, Sofa, Fernseher. In der Mitte die Mutter, eine Schürze um den Hals gebunden. »Ich habe gekocht«, sagt sie, bevor sie sich ein wenig umarmen. »Schupfnudeln«, sagt sie, und er erinnert sich, dass das einmal sein Lieblingsgericht gewesen ist.

Während die Mutter den Tisch deckt, sitzt er in Wandnähe und sieht sich um. So viel Geschmack hätte er ihr gar nicht zugetraut; einige wenige dezente Schwarz-Weiß-Fotografien an der Wand, Vorhänge in hellen Farben, elegante Möbel in zurückhaltendem Hellbraun und nur vereinzelt unauffällig platzierte Accessoires: dort ein Kerzenständer, hier eine kleine Tonskulptur, und in einem der Regalfächer ein handgeschnitzter Elefant.

»Wo sind denn die ganzen Möbel von früher?«, fragt er, mehr verwundert als vorwurfsvoll.

Die Mutter schüttelt den Kopf und schenkt ihm Wein ein.

»Mutter«, sagt er, »ich trinke nicht.«

Sie macht ein überraschtes Gesicht, sagt aber nichts.

»Wie geht's denn Maries Eltern?«, fragt er, im Smalltalk-Tonfall.

»Ich weiß es nicht, man sieht sie ja kaum. Die haben sich in ihrem Haus verbarrikadiert, seit Tagen sind die Rollläden unten.« Sie besieht sich nachdenklich einen Happen Kraut auf ihrer Gabel. »Ich hab mal überlegt, ob ich vorbeigehe, aber was soll ich denn dann sagen?«

Ihre Augen sehen ihn herausfordernd an.

»Keine Ahnung. Vielleicht ›Mein Beileid‹ oder so?«

Das restliche Abendessen verbringen sie in weiten Teilen schweigend, wie sie es auch früher immer getan haben; nach dem Dessert setzt er sich auf das Sofa und schließt die Augen.

»Müde?«

»Ja«, sagt er, »es war eine anstrengende Fahrt.«

Dann geht sie in ihr Schlafzimmer, die Flasche Wein in der einen, das Glas in der anderen Hand; er hört den Fernseher angehen und starrt noch ein wenig aus dem Fenster.

Am nächsten Morgen wacht er früh auf; er hat gut geschlafen, tief und traumlos. Auf der Suche nach Kaffee öffnet er die Küchenschränke; als er dann die Espresso-Dose auf der Ablage entdeckt, sieht er an einem Mauervorsprung daneben eine kleine Fotogalerie hängen. Es sind etwa ein Dutzend Bilder, zwei davon zeigen ihn. Da unten links, das ist er auf einer alten Schaukel, vielleicht vier Jahre alt, ein breites, fröhliches Lachen im Gesicht. Und dann das andere, aufgenommen auf der Abifeier, wie er im Anzug an einen Pfeiler gelehnt steht und ernst und düster an der Kamera vorbeisieht. Er schüttelt den Kopf, als hätte er eben etwas Dummes gemacht, und füllt die Espressokanne auf.

Dann wendet er sich nochmal den Fotos zu. Nachdem er einmal den Blick hat schweifen lassen, entfährt ihm ein leises »Meine Güte«. Er zählt nochmal nach: Von den acht an der Wand versammelten sind fünf tot. Da, Franz, der Großvater, Lymphdrüsenkrebs. Katharina, die Großmutter, Alzheimer-Demenz. Tante Heidemarie, die alte Nachbarin, Altersschwäche. Onkel Herbert, der große Bruder der Mutter, Herzinfarkt. Und dessen Sohn, der Ralph, Autounfall. Er greift zur Kanne und verbrüht sich beinah die Fingerspitzen; dann steht er stumm vor dem Memorial und spürt das Bedürfnis in sich aufsteigen, die Bilder mit einer großen Geste von der Wand zu fegen, alle in eine Ecke zu werfen und anzuzünden.

»Guten Morgen!«, hört er hinter sich die Stimme seiner Mutter und lässt vor Schreck beinah die Kaffeetasse aus der Hand fallen.

»Mein Gott«, sagt er, »wo kommst Du denn her?«

Die Mutter lacht fröhlich. »Ich muss gleich zur Arbeit«, sagt sie, »was willst Du heute Abend essen?«

»Du arbeitest wieder?«

Die Mutter nickt. »Als Verkäuferin, bei Hannekes, weißte, in der Fußgängerzone? Na ja, so zwanzig Stunden die Woche, ich kann das Geld gebrauchen.«

»Ah«, sagt er, und dann: »Lass doch heute Abend essen gehen, gibt's denn Luigi noch?«

»Klar, da musste aber vorher reservieren lassen, sonst kriegste keinen Platz mehr.«

Eine Stunde später steht er an der Straßenbahnhaltestelle und schaut die Schienen entlang. Die Häuser liegen trist unter dem tiefen Himmel, alle sehen sie aus, als würde viel in ihnen geheizt. Das graublaue dumpfe Licht des Spätherbstes verwischt alle Konturen, als wäre die Welt mit Wasserfarbe gemalt. Eine alte Frau tippelt ihrem Dackel hinterher und reißt bisweilen unwillig an der Leine. Als sie auf seiner Höhe sind, hört er das Rasseln ihrer Bronchien; diese Scheißluftfeuchtigkeit hier, denkt er, ein Wunder, dass ihre Gelenke nicht quietschen.

Die Fahrt zum alten Sägewerk dauert eine Dreiviertelstunde; es liegt ein wenig außerhalb der Stadt, an einem kleinen Fluss, der gemächlich vor sich hintreibt. Dort war die einzige Stelle, die tief genug war auf Kilometer, um darin ein paar Meter schwimmen zu können oder Wasserball zu spielen. Im Sommer traf man sich oft da draußen, es gab einen Grillplatz in einer kleinen Holzhütte, obendrein noch eine große Feuerstelle weiter hinten. Von der Straßenbahnhaltestelle aus muss man einen kleinen Wald durchqueren, Kiefern liegen da, früher haben sie sich oft mit den Zapfen beworfen. Er muss sich konzentrieren, um sich erinnern zu können, die Bilder kommen nicht von selbst. Abends haben sie hier gesessen und Bier getrunken, dabei lief Musik aus einem alten Kassettenrekorder, alte Punksongs, und man wusste nicht: Schepperte das so wegen des

Geräts, der ausgeleierten Kassette, oder war das schon so aufgenommen, dass man vom Gesang auch ja kein Wort verstand?

Er steht da und fragt sich, wo Marie sich wohl aufgehängt hat; an irgendeinem Ast? In der Hütte? An den Querbalken, an denen sie nach dem Baden immer die Handtücher ausgebreitet haben? Eigentlich, denkt er, kein schlechter Ort, da erinnern sich die Leute noch an einen. Wenn nächsten Sommer die Jungen aus dem Fluss vom Baden kommen, um hier ihre Handtücher auszubreiten, werden sie sich sicher sagen: Weißt Du noch, letzten Winter, da hat sich hier eine aufgeknüpft, die hieß Julie oder so. Das ist besser als ein Grabstein. Er hätte daran denken können, Blumen mitzunehmen.

Irgendwann saß an einem Sommerabend ein lockiges Mädchen mit am Sägewerk, einsam am Feuer. Sie hatte sich ihre Zigarette zwischen die Zehen geklemmt und trank Rotwein, alle anderen Bier. Wäre sie ein Mann gewesen, denkt er, hätte sie Pfeife geraucht.

Erst zwei Wochen später fiel ihm auf, dass sie Nachbarn waren; da lief sie ihm auf einer Nebenstraße über den Weg, die kein Mensch je anlassfrei betrat. Sie machte ein düsteres Gesicht, wie das hier in der Gegend so Brauch ist; er grüßte unsicher. Weil es unvermeidlich war, sich abends hier und da zu begegnen, wenn man seine Jugend nicht vor dem

Fernseher oder in einem Musikverein verbrachte, sah er sie hin und wieder in kleiner Runde an einem Tresen sitzen oder am Wasser. Nach der vierten Begegnung sprach er sie an, ob sie neu sei in der Stadt, sie nickte zurückhaltend, sagte aber kein Wort. Da war der Sommer schon beinah vorüber, und sie saßen im Irish Pub unten in der Innenstadt; er beobachtete sie den Abend über, wie sie nachlässig ihren Wein trank und kaum den Gesprächen um sich herum folgte. Weil er sechzehn Jahre alt war und gelangweilt wie an einem Krankheitstag im Bett, ging er, kaum dass sie nach Hause aufbrach, zitternden Herzens hinterher und träumte wohl drei Nächte von ihr, ehe er sie wieder vergaß.

Später steht er vor seiner alten Schule, ein riesiges, wuchtiges Backsteingebäude aus der Gründerzeit, schmucklos und mit kleinen Fenstern, eine Mischung aus Lagerhaus und Burg. Es steht noch genau so da, wie er es in Erinnerung hat, unverrückbar, mit schwarzen Schlieren an den Kanten der Fensterbänke, und einem steinernen Tor. Sofort überkommt ihn wieder diese träge Wut, die während seiner ganzen Jugend an ihm gefressen hat, dieses Bedürfnis, ein Haus anzuzünden im vollen Bewusstsein, dass man sich das ohnehin nicht trauen würde. Er erinnert sich, wie er nachts auf dem Nachhauseweg hin und wieder Blumenkübel umgeworfen hat, damit man sehen konnte, dass er auch da war. Und am nächsten Tag sahen die Scherben so aus, als würden sie genau so dahingehören.

Er läuft seinen alten Schulweg zurück, die Einkaufsstraße entlang, die beinah menschenleer ist. Als er auszog, haben sie mit dem Bau der ersten Einkaufspassage begonnen, ganz unten am Ende der Fußgängerzone; ein modernes Shoppingcenter hätte das werden sollen, mit großem, offenen Platz in der Mitte, und einem Brunnen, ganz wenig Dach, wie man es in Südspanien bisweilen sieht. Es sind auch viele Bekleidungsgeschäfte eingezogen, die alle ihre Ware beim gleichen Großhändler einkaufen. Der Wind zieht um die Ecken, als würde er verzweifelt etwas suchen und hätte gleich noch einen Bus zu erwischen; wer hier einkauft, muss an sechs Monaten im Jahr Polarkleidung tragen, ansonsten fällt ihm vor lauter Kälte das Fleisch vom Knochen. Der Brunnen in der Mitte des Platzes wurde aus portugiesischem Sandstein gebaut, in den fließenden Formen der toskanischen Renaissance; er sprudelte einen Sommer lang, bis der erste Frost das Wasser im Stein härtete, wodurch der Brunnen an mehr als sieben Stellen tiefe Risse bekam. Seither verfällt er vor sich hin, nur zu Volksfesten sammeln sich leere Bierflaschen im Becken.

Er wandert immer weiter, einmal hierhin, einmal dorthin, zwischen westdeutschem Plattenbau und düsteren Backsteinmauern; selbst vor dem Krieg, denkt er, hat man hier nur Fürchterliches hingestellt. Immerhin verfällt Beton schneller als die Gründerzeit-Kolosse, die damals hier über die Landschaft gewuchert sind wie Moos. Außer dieser tristen Hässlichkeit ist das eine Stadt, die sich durch nichts auszeichnet; alles, was sie hatte, Stahlbau, Verpackungsindustrie, Werkzeugmechanik, alles ist dahingegangen. Inzwischen sind die größten Arbeitgeber neben der Stadt ein Krankenhaus und die Diakonie, aber das ahnt er nur.

Je länger er durch die Straßen läuft, desto leichter fühlt er sich; die tristen Kulissen um ihn herum rühren ihn, als wären sie ihn nie etwas angegangen. Die Erinnerungen, die ihn an dieser oder jener Ecke der Stadt überkommen, haben nichts Konkretes, sondern bleiben im allgemeinen Nebel einer Melancholie, die aus der Zeit gefallenen Orten eigen ist, solange sie noch nicht wissen, dass das Beste bereits hinter ihnen liegt.

Für ihn gilt das nicht, denkt er, und er verspürt auch eine große Dankbarkeit, die Heimat damals verlassen zu haben. Erst jetzt fällt ihm auf, dass er kein Bedürfnis hat, auch nur einen der alten Schulkameraden zu treffen.

Am Abend trifft er beinah zu spät bei Luigi ein; die Mutter sitzt bereits am Tresen, ein Glas Martini vor sich. Sie umarmt ihn zur Begrüßung, er verzichtet darauf, sich danach seine Jacke glattzuziehen.

»Sag mal, auf welchen Namen hast Du denn reserviert?«

Er muss albern aussehen, wie er den Mund offen stehen lässt und überrascht auf den vollbesetzten Raum schaut.

»Hast Du's vergessen?« Die Mutter kichert fröhlich. »Na ja, macht nichts«, sagt sie, »wir können auch ums Eck essen.«

Als sie den Raum verlassen, hakt sich die Mutter mit einer Selbstverständlichkeit unter, die sofort in ihm Wut aufkommen lässt. Er zieht den Kopf in den Nacken und versucht, nicht laut auszuatmen; wie sie da klein und fröhlich neben ihm hertappst, spürt er einen ungeheuren Ekel vor ihr. Ganz wie früher, als sie ihn fortwährend hielt und drückte und küsste, und er auf ihr Gesicht sah wie auf das einer fremden Frau.

Die Mutter zeigt auf ein kleines Lokal inmitten einer Häuserzeile: »Das im Keller isses«, sagt sie. »Aha«, sagt er, er kennt den Laden nicht, der ihm aber schon allein deswegen willkommen ist, weil die Mutter seinen Arm loslässt. »Hilf mir doch mal«, sagt sie, als sie sich in den Ärmeln ihres Mantels verheddert, da ballt er doch noch einmal kurz die linke Hand zur Faust.

Die Wände des Lokals sind plüschrot, satinschwarzgepolsterte Bänke schwingen sich durch den Raum. Hier und da hängen alte Schwarz-Weiß-Fotos, Kinostars aus Filmen, die keiner diesseits der 40 noch kennt. Fast in der Mitte des Raumes steht ein schwarzer Flügel, ein Mikrofon ist aufgebaut. Ein Pärchen um die 50 sitzt an einem der runden Tische in der Mitte, in einer Ecke haben sich zwei ältere Freundinnen in ihre Weißweingläser vertieft.

Sie setzen sich an einen Ecktisch, die Kellnerin grüßt die Mutter freundlich mit Namen; er hebt kurz die Hand, wie um Anwesenheit zu signalisieren. Die Mutter bestellt einen Rotwein und die Käseplatte, dann sieht sie ihn lächelnd an. »Komm, trink ein Glas mit mir heute, sonst komm ich mir vor wie eine Säuferin.«

»Mutter«, sagt er, da merkt er, wie auch die Kellnerin ihn freundlich ansieht. »Aber keinen allzu schweren.«

»Wir haben Beaujolais da«, sagt sie, er nickt, als wüsste er, was das ist.

Langsam füllt sich der Keller, Männer mit angegrautem Bart und Frauen im Trenchcoat stehen im Eingangsbereich und zeigen sich Plätze, an denen man sitzen könnte. Ein gedämpftes Murmeln durchzieht den Raum wie Zigarettenrauch, ganz selten lacht jemand gedämpft auf; manch einer der Neuankömmlinge grüßt vorsichtig in Richtung Mutter, ihn zurückhaltend musternd.

»Bist Du denn häufiger hier?«, fragt er überrascht, sie grinst ihn breit an.

»Ach«, sagt sie dann, »hin und wieder. Ich finde das nett.«

Am Tresen steht ein Mann mit Hut und Weste, kaum älter als er, neben sich einen Kontrabass gelehnt. Daneben sitzt auf einem Hocker eine junge Frau, die kohlschwarzen Haare bis unter die Schulterblätter glattgekämmt, den Pony auf Höhe der Augenbrauen, und scherzt mit dem Barkeeper. Sie lacht, wenn sie lacht, ohne die Hände vom Glas zu nehmen, denkt er, die ersten Schlucke Alkohol verführen ihn zu überflüssigen Beobachtungen.

Die Eingangstür geht mit energischem Schwung auf, herein kommt eine ältere Dame mit Federboa, ganz in schwarz gekleidet, die Augen schwarz angemalt. Sie geht zur Bühne, als müsste jeder sie ansehen, und tatsächlich tun die meisten das auch. »Ah, die Sängerin«, denkt er, da setzt sie sich auf den Flügelhocker und streicht einmal über den oberen Rand. Dann nickt sie ehrerbietungswürdig Richtung Bar, wo der Mann seinen Kontrabass auspackt. Während er die Saiten stimmt, sitzt sie mit durchgedrücktem Rücken auf ihrem Hocker, mit der Gelassenheit einer übernatürlichen Erscheinung; die junge Frau stellt sich an das Mikrofon neben sie und kämmt sich ein letztes Mal den Pony gerade.

Als die ersten Töne erklingen, denkt er noch, das kenne ich doch, irgendein Chanson, er will die Mutter fragen, was das ist, doch sie sitzt mit verschränkten Händen selig vor sich hinlächelnd da, er traut sich nicht, sie jetzt zu stören. Er weiß auch nicht, was ihn mehr verunsichert: das leichte Hochgefühl, das von seinem Magen her aufsteigt, und das er dem Rotwein zuschreibt; die glücklich entspannte Miene seiner Mutter; diese gesamtgediegene Atmosphäre, die ihn immer weiter in die Polster hineindrückt; er weiß nicht, ob er lächeln oder gähnen soll.

Nach dem dritten Lied hängt die Ponyfrau das Mikrofon zurück in den Ständer, während das Klavier eine Übergangsmelodie spielt. Applaus setzt ein, als die Klavierspielerin sagt, es sei jetzt – wie immer – an der Zeit, das Publikum zu hören. Als er einen vielsagend-genervten Blick auf die Mutter werfen will, sieht er, wie sie ein wenig nervös an ihrem Halstuch herumnestelt, noch einen Schluck Wein nimmt und sich dann, unter Applaus, von ihrem Platz erhebt und nach vorne geht. Der Kontrabassist stellt sein Instrument zur Seite und passt das Mikrofon auf ihre Höhe an; die Klavierspielerin zwinkert kurz, greift in die Tasten, und die Mutter singt, mit einer tiefen, melancholischen Stimme irgendetwas Französisches; sie hat die Augen geschlossen und hebt vorsichtig die Hand zum Mikrofon, ohne es zu berühren.

»Das glaubt mir keiner«, denkt er, da spürt er die Gänsehaut auf seinem Oberarm.

Die Mutter singt drei Lieder, dann setzt sie sich wieder, unter dem Geklatsche des gesamten Ladens; die Bedienung bringt ihr noch ein Glas Rotwein und lächelt ihr zu. »Das war sehr schön«, sagt er, und sie: »Danke.«

»Ich wusste gar nicht, dass Du singst«, sagt er.

Sie nickt. »Ich weiß.« Dabei sieht sie ihm fröhlich ins Gesicht.

Sie bleiben nicht mehr lang; zum Abschied schüttelt die Mutter hier und da ein paar Hände, er steht daneben und weiß nicht, welcher Gesichtsausdruck zur Situation passen könnte. Auf der Straße merkt er, wie er beim Gehen leicht ins Schwanken kommt; als sich die Mutter bei ihm einhängt, lächelt er.

Am nächsten Morgen geht sein Wecker um halb sieben: in einer Stunde findet die Trauerfeier statt. Die Mutter schläft noch, er hört sie leise schnarchen. Er schreibt ihr einen Zettel, dass er nach der Trauerfeier direkt nach Hause fährt, die Arbeit, schreibt er, drei Punkte. Dann hält er inne, die drei Zeilen stehen wie verloren auf dem weißen Blatt Papier, das er jetzt erst in der Mitte faltet. Er unterschreibt, mit vollem Namen, zögert nochmal und setzt ein PS unten dran, dass er den Aufenthalt sehr schön fand. Viele Grüße.

Er macht sich auf den Weg zum Friedhof; von der letzten Ampel aus sieht er einige Menschen in Schwarz durch das große Tor Richtung Kirche gehen. Vor seinen Augen verschwimmen die Farben, er ist müde und spürt seine Nebenhöhlen: leichter Kater. Er würde gern noch etwas weiterschlafen irgendwo.

Ein wenig abseits steht eine Parkbank, Blickrichtung Straße. Die ist ihm noch nie zuvor aufgefallen, obwohl er schon sechs oder sieben Mal auf diesem Friedhof war, immer zu Beerdigungen. Gegen Ende seiner Schulzeit schien ihm, dass hier nur noch gestorben wurde. Zuerst der Lehrer, der sich totgesoffen hat, hinten rechts, in der Nähe der Buchshecke, dann die große Schwester eines Klassenkameraden, die im Drogenrausch auf einem Parkplatz erfroren ist. Einer aus der Parallelklasse, der sich mit dem Auto um einen Baum gewickelt hat, und dann der Apothekersohn, der an einer Überdosis Maproptilin gestorben war und über den man noch Jahre später gesprochen hat, weil der Vater danach seinen Laden geschlossen hat, um irgendwo anders hinzuziehen. Es war in der Gegend der einzige Apotheker gewesen, und die Leute mussten danach jahrelang für ein bisschen Aspirin in die Innenstadt fahren. Damals hatte ihn seine Mutter gefragt, wie man sich denn ausgerechnet mit einem Antidepressivum umbringen könne, und er hatte geantwortet, dass er das eigentlich ganz originell fände, so müde hatten ihn die ganzen Tragödien bereits gemacht. Achtlos stellt er sein Auto an eine Ecke und setzt sich zunächst auf die Bank.

Er hört Schritte im Kies, hinter ihm geht ein älteres Pärchen in Schwarz entlang, sie halten sich fest an den Armen. »Was mache ich hier eigentlich«, denkt er, »ich bin noch nicht einmal richtig traurig.« Er sieht an sich herunter, grasgrüner Parka, Jeans, Turnschuhe. Ihn fröstelt, er ist müde, er hat das Bedürfnis nach Kaffee. Da ist ein Café, nur ein paar Minuten entfernt, hinter dem Blumenladen.

Der Raum ist hellgelb gestrichen und leer, eine Frau in weißer Schürze wischt unmotiviert den Tresen. Dahinter liegen süße Stückchen, die aussehen, als hätten sie einen Tag in der Sonne gelegen; er setzt sich auf einen Stuhl in der Ecke, weit weg von der Fensterscheibe. Als sein Cappuccino kommt, ist er bereits weggedöst.

Zwanzig Minuten später kommt er wieder zu sich; er wirft ein wenig Kleingeld auf den Tisch und geht, ohne einen Schluck getrunken zu haben, zu seinem Auto. Auf dem Weg dahin nimmt er sich fest vor, seine Mutter zu bitten, ihm ein schönes Foto von ihr zu schicken.

Als er einige Stunden später zu Hause ankommt, legt er sich ins Bett, nur kurz von dem Gedanken irritiert, dass ihm etwas Wichtiges entfallen ist.

DER TRINKER

Selbstverständlich! Setzen Sie sich. Um diese Zeit ist es immer sehr voll hier, aber das gibt sich wieder, sobald die Menschen essen gehen. Sie werden sehen, in einer halben Stunde wird sich der Raum schlagartig leeren, dann ist es acht Uhr und die jetzt Anwesenden werden in die Restaurants ringsum strömen. Man achtet hier auf die kleinen Rituale.

Es tut mir übrigens leid, dass ich so unhöflich war, Ihnen auf Deutsch zu antworten. Ich weiß ja selbst, dass es unsereinem unangenehm ist, im Ausland als Fremder erkannt zu werden, und obendrein noch als Deutscher! Jenseits des Heimatlandes gibt es für einen Deutschen kein größeres Glück, als als Engländer zu gelten, nicht wahr? Ich nehme einmal an, Sie kommen aus der Nähe von Hannover? So, Bielefeld, ja, der Zungenschlag hat Sie verraten. Ich habe ein Ohr für so was, müssen Sie wissen.

Sind Sie geschäftlich hier? Ich hoffe, ich bin Ihnen nicht zu aufdringlich. Es tut mir leid, wenn ich Sie hier in Beschlag nehme, das ist sonst nicht meine Art. Ach, auf Montage! Sie arbeiten also noch etwas Ehrliches. Nun, es freut mich, Ihre Bekanntschaft zu machen, darf ich Sie auf ein Glas einladen? Einen Pastis zum Beispiel? Ja, aber mit dem größten Vergnügen.

Ich? Nein, ich bin nicht beruflich hier, ich komme jedes Jahr nach Paris. Oh ja, ganz alleine, ohne Begleitung. Es gibt da ein zauberhaftes kleines Hotel in der Nähe der Place Vendôme, dort wohne ich immer. Die Gegend ist inzwischen natürlich unbezahlbar, unter normalen Umständen könnte ich es mir niemals leisten, dort abzusteigen. Aber ich komme nun schon dreißig Jahre, und Flore, die Besitzerin, berechnet mir aus Freundschaft immer noch die alten Preise. Wir kennen uns schon sehr lange, ja, aber wissen Sie, ich habe neulich darüber nachgedacht, wahrscheinlich weiß sie nicht einmal meinen Vornamen, sie nennt mich immer nur Monsieur Radair. Ach, diese Stadt, man kann sich hier so nahe sein, ohne auch nur das Geringste voneinander zu wissen. Aber vielleicht ist es auch so, dass man nichts voneinander wissen kann, es gibt so viel, was man hier Tag für Tag erleben muss! Man geht vor die Tür, um zu frühstücken, und sieht mehr Menschen als ein normannischer Bauer in einem Monat! Wie will man sich bei all den Leuten zurechtfinden, die man hier im Laufe eines Tages trifft; unmöglich, allen gerecht zu werden. Sehen Sie, die Pariser sind, wenn sie es wollen, von vollendeter Höflichkeit, die Unterhaltungen klingen immer wie ins Reine geschrieben, jedenfalls unter jenen, die es sich leisten können, an der Bastille etwas trinken zu gehen.

Doch man darf sich von den Freundlichkeiten und Höflichkeiten nicht täuschen lassen, die die Menschen einem hier zukommen lassen wie andernorts ein Glas Wein – es ist nichts als der Versuch, die Situation zu beherrschen, es ist nur der Form halber. Auch wenn man sich hier einander das Herz ausschüttet, ist es immer noch nur ein Gespräch, Worte ohne Konsequenzen; jeder Liebeskummer, jede persönliche Tragödie ist nur ein Sujet für eine nette kleine Erzählung. Verstehen Sie, was ich sagen will? Und das ausgerechnet hier, in einer Stadt, in der jeder zweite Taxifahrer in psychoanalytischer Behandlung ist! Hier, wo das Herz der französischen Literatur schlägt, und der modernen amerikanischen Literatur sowieso. Ausgerechnet in dieser Stadt glaubt keiner mehr an das Wort. Sie erzählen sich ihre Geschichten, sie hören die wundervolle Melodie ihrer Sprache und sind davon wie betäubt.

Ich langweile Sie doch nicht? Nein? Trinken Sie doch noch mit mir, es ist noch so früh, selbst wenn man bedenkt, dass die Nächte hier kurz sind, wie es in Museen üblich ist. Was wollen Sie trinken, noch einen Pastis? Ich sehe, Sie versuchen sich zu akklimatisieren, das finde ich lobenswert. Erlauben Sie mir, ein wenig Weißwein dazu zu bestellen, gegen den Durst. Es gibt da einen recht brauchbaren Blanc de Blancs, sehr trocken, der kaum betrunken macht.

Was ich hier tue? Wenn Sie so wollen, bin ich auf Besuch hier, man könnte sagen, um alte Bekannte wiederzusehen; ach, wenn ich ehrlich bin, hänge ich hier meinen Erinnerungen nach. Ja, und trinken tue ich natürlich, vier Wochen lang, wie jedes Jahr, und immer im Sommer, wenn die Stadt am unerträglichsten ist.

Ach, Sie finden, das klingt traurig! Da hätte ich Ihnen aber mehr Fantasie zugetraut. Entschuldigen Sie, da war ich wohl zu offenherzig, ich wollte Sie nicht verletzen. Ich habe mich vermutlich nicht klar genug ausgedrückt: Ich trinke nicht aus Einsamkeit, ganz im Gegenteil, die ganze Stadt ist voll mit Freunden und Bekannten von mir, zumindest normalerweise. Glücklicherweise sind um diese Zeit die meisten in Gegenden mit erträglicherem Klima gereist; in die Bretagne oder die toskanischen Berge, an die Côte d'Azur, wohin man so fährt, wenn man es sich leisten kann. Nur ich sitze hier in diesem Glutkessel, in dieser Luft, die einem die Bronchien verkleistert, und wissen Sie, ich genieße das sehr. Hier zu sein und nichts zu tun zu haben, als zu trinken. Ja, das mag seltsam klingen, aber falls Sie sich veranlasst sehen, mich für einen Alkoholiker zu halten, da irren Sie sich. Ich trinke den Rest des Jahres sehr selten, und wenn doch, dann nur mäßig. Selbst hier, während meines Trinkerlebens in Paris, bin ich nur ausnahmsweise betrunken, ich verpasse selten den richtigen Zeitpunkt aufzuhören. Alle paar Jahre vielleicht einmal, wenn ich in schlechter körperlicher Verfassung bin, oder mich etwas zu sehr aufgeregt hat und meine Nerven flimmern.

Oh nein, ich trinke aus einem ganz anderen Grund: Wissen Sie, es ist die beste Art, sich zu erinnern. Sehen Sie, man sagt über Demenzkranke, sie würden ihre Erinnerung verlieren, aber das ist eine sehr unzureichende Beschreibung dieser Krankheit; tatsächlich verwischen sich bei diesen Menschen Raum und Zeit, sie haben keine Vorstellung mehr von Gegenwart, Vergangenheit und Zukunft, ebenso wenig wie sie eine Vorstellung davon haben, dass außerhalb ihres Blickfeldes Raum besteht; dadurch nehmen sie, sobald sie den Kopf drehen, jedes Zimmer als Unendlichkeit wahr. Sie wissen nur noch sehr wenig davon, wie wir die Dinge ordnen, sie haben kein Gefühl mehr für Dauer, für Abfolgen, was sie erleben, ist eine Bilderflut ohne Anfang und ohne Ende; und weil auch ihre Sprache verblasst, können wir ihnen nicht folgen in die verwinkelten Ecken ihrer

Empfindungen. Sehen Sie, sie leben viel assoziativer, als wir es tun, sie können in dem einen Moment in ein Gefühl verfallen, als wären sie fünf, und direkt im nächsten, als würden sie Fahrrad fahren. Für unsereiner ist nicht nachvollziehbar, wie diese Sprünge, die uns so fremd sind, zustande kommen, sie sind ganz allein mit ihrem Seelenleben, es ist eine völlig private Erfahrung.

Wissen Sie, es gibt für einen Gesunden wie Sie oder mich kaum eine Möglichkeit, diese Methode – falls man von einer Methode sprechen will, schließlich ist der Vorgang ja alternativlos, aber wir wollen einmal so tun, als handle es sich um eine Methode – jedenfalls: Zu einer derartigen Leistung sind wir, die Gesunden, nicht imstande. Haben Sie schon einmal versucht, sich selbst zu unterbrechen? Ich meine: spontan und unwillkürlich, wie von höherer Macht gesteuert. Es ist ausgeschlossen, dass es Ihnen gelingt, Sie werden immer einen Zusammenhang herstellen können, und selbst wenn nicht, wird Ihnen die Psychologie helfend zur Seite springen. Sie können einen solchen Riss in Ihren Empfindungen nicht bewusst herstellen, umso weniger, als ich Sie jetzt dazu angestachelt habe, und Sie sich spätestens bei dem Versuch, sich sozusagen zu dissoziieren, an unser Gespräch erinnern werden, um Ihren Bemühungen einen Sinn – so schwach er auch immer sein möge! – zu geben.

Es gibt nur einen Zustand, in dem der Zusammenhang

keine Rolle mehr spielt, in dem die Welt auseinanderfallen und sich dann völlig sinnlos wieder zusammensetzen darf: Das ist der Rausch. Oder vielmehr, er kann es sein, denn glauben Sie nicht von mir, dass ich den Rausch an sich als erstrebenswerten Zustand anerkenne. Dann allerdings wäre ich Alkoholiker, und ein erbärmlicher obendrein. Nein, der Rausch, wie ihn die meisten Menschen verstehen, ist ein fürchterlicher Zustand – oh, Sie reißen die Augen auf. Mit diesem Satz haben Sie nicht gerechnet? Es freut mich, dass ich Sie überraschen kann.

Sehen Sie, die meisten Menschen sehen den Rausch als animalischen Zustand. Alkohol dient für viele als Vorwand, ihre Emotionen wüten zu lassen, denn betrunken ist es ihnen gestattet. Man darf im Delirium Halluzinationen haben, man darf auch – wenn man es profaner hält – der Frau des Nachbarn sagen, dass man sie höchst attraktiv findet, man darf – ab einer gewissen Rauschintensität – sogar den Nachbarn erschlagen, weil man für einen Augenblick oder ein paar Stunden, das kann das Gleiche sein und macht keinen Unterschied, glaubte, ohne dessen Frau sei alles Leben sinnlos. Diese Menschen, die sich dem Rausch hingeben wie einer Erleuchtung, trinken sich in einen Wahn. Sie machen das nicht absichtlich, sie können nicht anders, in ihnen drängen die Gefühle zur Freiheit, sie brauchen den Rausch, um sich all das zuzugestehen, was sie sonst unterdrücken.

Sie verfallen in eine völlig sinnlose Tätigkeit, um alles um sich herum möglichst intensiv zu erleben, sie verlieben sich, sie prügeln sich, sie vertragen sich wieder, sie schwingen große Reden oder singen lauthals Lieder mit; nur um all das am nächsten Morgen bestenfalls wieder vergessen zu haben, und wenn sie es nicht vergessen haben, dann schämen sie sich, weil all die alten Hemmungen mit doppelter Kraft zurückkehren, weil sie von sich das Schlimmste befürchten, weil sie argwöhnen, ein anderer, der klarer geblieben ist, werde sie von nun an verurteilen; mindestens hätten sie sich verurteilt, wenn sie klarer gewesen wären. Und mit Recht! Sie haben ja ihr Innerstes nach außen gekehrt, nie sind sie unmittelbarer und direkter als im Rausch! Wann sollte man sie besser erkennen als dann? Nun hat also der Wassertrinker einen tiefen Blick in ihre Seele getan, was mag er da nur Fürchterliches entdeckt haben?

Habe ich Sie verstimmt? Sie sehen so verkniffen drein. Ach, das tut mir leid, nichts lag mir ferner, als Ihnen zu nahe zu treten. Sehen Sie, ich verurteile das nicht, es ist nur nicht meine Art des Trinkens, nicht mehr jedenfalls.

Ja, früher habe ich auch bis zur Bewusstlosigkeit gesoffen, aber sehen Sie, man ändert sich. Lassen Sie mich anders beginnen, um Ihnen nahe zu bringen, wie sich meine Art des Trinkens verändert hat. Sehen Sie, nach meiner Erfahrung – und ich habe viele von ihnen kennengelernt –

kann man Trinker danach einschätzen, zu welcher Tageszeit sie das Trinken beginnen. Das ist ihnen oft die liebste Stunde.

Sehen Sie, ich bin alt – oh nein, Sie müssen nicht abwehren, es stimmt ja doch. Ich habe bereits alle Stunden durch, ich mochte von jedem Tag ein Stück. Als kleines Kind liebte ich besonders den Morgen, wenn die Sonne neue Abenteuer verhieß; sehen Sie, Sie nicken, es wird wohl vielen Kindern so gehen. Später, als ich schon einen Sinn dafür hatte, dass ich vieles nicht verstehen würde auf dieser Welt, erwartete ich mit Ungeduld die Mitternacht, die magische Stunde, wenn die Eltern schon schliefen und draußen die Welt ganz still war; ich stellte es mir herrlich vor, dann durch den Wald zu gehen, oder eine verlassene Straße entlang. Ich dachte mir: »Als wäre man der einzige Mensch auf der Welt!« Genau diese Momente, in denen nichts geschieht außer dem eigenen Atmen, und man eine Stille in sich hat, als hätte Gott das erste Wort noch nicht gesprochen. Ich hatte dann immer – das mag pathetisch klingen, aber ich bitte Sie, meiner damaligen Jugend Rechnung zu tragen – den Eindruck von Ewigkeit. Wenn in keinem der umliegenden Häuser mehr Licht brannte, kein Auto die nachtbeleuchtete Straße entlangfuhr, nichts zu tun war, außer aus dem Fenster zu sehen, glaubte ich, in mir die Unendlichkeit tropfen zu hören.

Je älter ich wurde, desto länger schob sich dieser Moment hinaus: Als ich, bereits Student, mein Elternhaus verließ, musste ich schon bis zum Morgengrauen ausharren. Als ich dann in die Stadt zog, gab es keinen Moment mehr, in dem es sich einsam sein ließ. Immerzu ist jemand auf der Straße, irgendwo brennt immer Licht, nie ist es so still, dass man mit dem Atmen aufhören möchte. Ich habe sehr gelitten die erste Zeit!

Ach, ich fürchte fast, Sie werden gleich annehmen, ich kokettierte! Aber glauben Sie mir, es ist mir ernst: Ich war schon damals in jenem Alter, das nicht mehr an die Macht der Nächte glaubt. Sie war mir bald – Sie werden mich sicherlich für überspannt halten – zu klar, zu eindeutig. Zu absolut, Sie sagen es! Sehen Sie, Träume waren mir nunmehr gleichgültig, es war die Vergangenheit, die mir teuer blieb.

Und trotzdem drängte es mich oft hinaus, unter die anderen Menschen, vor allem am frühen Nachmittag. Ich setzte mich dann oft auf eine Caféterrasse – ich hatte schließlich Zeit – und begann, während um mich herum Männer im Anzug geschäftig hin- und herliefen, mit dem Trinken. Die meisten Passanten beachteten mich gar nicht weiter, wenn jedoch einer stehen blieb, sah er mich wie durch eine Glasscheibe an.

Je älter ich wurde, desto mehr Verpflichtungen häuften

sich an, und ich hatte weniger Zeit, mich meinen Nachmittagen hinzugeben. Stattdessen wich ich auf die Abende aus, die frei geblieben waren, ich begab mich dann in voll besetzte Lokale, um allein an einem Tisch zu sitzen und in ein Glas zu blicken. Mich amüsierte der Gedanke, dass unbeteiligte Beobachter glauben mochten, ich hinge traurigen Gedanken nach oder sei sonst ein bedauernswerter Mensch, weil ohne Begleitung.

Inzwischen ist es der Vormittag, den ich besonders liebe. Schlag zehn auf einem sonnigen Plätzchen sitzen, mit einem Glas Weißweinschorle vor mir auf dem Tisch, und mich sanft in meinen inneren Schlummer trinken, mich nirgendwo wiedererkennen …

Sie haben recht, ich bin sentimental. Wissen Sie, ich habe nicht damit gerechnet, mich heute Abend so gut zu unterhalten. Ich hatte mich darauf eingestellt, aus dem Fenster zu sehen und alten Erinnerungen nachzuhängen, mit meinem Spiegelbild als einzigem Begleiter. Ja, sehen Sie, es gibt doch im Grunde nur zwei Richtungen, in die man sich entwickeln kann, wenn man älter wird. Es handelt sich hierbei gewissermaßen um die Pole, in Richtung derer man sich zu bewegen noch die Wahl hat: Sentimentalität ist der eine, der andere Zynismus. Ich dachte lange, ich würde gerne – wenn überhaupt! – zynisch werden, aber dazu braucht es Intelligenz und Scharfsinn. Und selbst wenn man klug genug ist, ist Zynismus doch nur selten unterhaltsam. Zyniker sein ist anstrengend, immer braucht man Publikum, weil nur dessen Lachen verhindern kann, dass man ganz und gar sauer wird. Na, und selbst wenn man Erfolg hat mit seiner Bitterkeit, fühlt man sich doch immer verlassen unter den Menschen. Für den Zyniker gibt es seinesgleichen nicht. Und schlimmer noch: Wenn er dann doch allein ist, umfasst einen dieses eigene Ungenügen, das einen wieder hinaustreibt unter die anderen, die man hasst, umso mehr, da man sie so dringend braucht.

Wie genügsam ist dagegen der Sentimentale! Und wie viel Schönes gibt es für ihn in der Welt. Kein Ort, der nicht zu Träumereien verleitet, und je mehr Übung er hat, desto abwegiger werden seine Anknüpfungspunkte, bis er sich mit einer weißen Wand zufrieden gibt.

Nun ja. Ich habe viel gesprochen, ich bin nun ein wenig müde. Was halten Sie davon, ein paar Schritte zu gehen? Dort hinten liegt der alte Jachthafen, waren Sie einmal dort? Ja, ich kenne die Stadt gut, ich habe hier viel Zeit verbracht. Aber zu Hause, ach, das ist ein großes Wort. Muss man sich zu Hause nicht auch am Platz fühlen? Aber dem ist nicht so. Wissen Sie, es ist, als käme ich nach Jahren in ein Lokal zurück, das ich zu früheren Zeiten häufig besucht hätte, und fände mich in der Geburtstagsgesellschaft einer mir fremden Person wieder. Im Grunde ist mir alles vertraut, die Räumlichkeiten, die Einrichtung, die Musikvorlieben des Wirts. Und doch bin ich ein Fremder unter all diesen Menschen, die zusammengekommen sind.

Wissen Sie, ich sehe mich um und sehe die Menschen an ein Paris glauben, das ich nicht kenne. Sie wissen nicht, dass sie einer Illusion aufsitzen, sie nehmen, was sie wahrnehmen, als Realität. Aber wir sind schon da, wollen wir uns auf diese Bank dort setzen, bevor ich fortfahre?

Sagen Sie, ist der Ausblick nicht wundervoll? Sehen Sie, dort vorne geht es zur Seine, zu den Inseln, zum Square Barye, wo im Sommer die Jugend sitzt und trinkt, weil das günstiger ist. Hier lang geht es über den Boulevard Richard Lenoir und die Rue Oberkampf hinauf zum Père Lachaise, und dort hinten liegt Montmartre, da Saint-Germain-des-Prés. Davon haben Sie bereits gehört, nicht wahr? Ach, diese Stadt ist Stein gewordener Mythos, völlig verknöchert, ein Disneyland für Bildungskleinbürger. Keine Straßenecke, zu der es keine Anekdote gäbe! Kein Haus, an dem sich keine Plakette anbringen ließe.

Wunderschön, sagen Sie? Es liegt mir fern, Sie zu belehren, und doch möchte ich Ihnen ein wenig von meinem Paris erzählen, wenn Sie erlauben. Ich hatte es einfacher, diese Stadt zu durchschauen, denn ich bin nicht sehr ansehnlich, deswegen wusste ich früh: Man muss der Schönheit misstrauen. Ah, Sie lachen! Sie tun recht daran.

Sehen Sie doch, diese Stadt ist eine Stadt des Krieges und der Zerstörung. Wohin Sie sehen, überall finden Sie Zeugnisse vergangener Schlachten, kaum eine Kirche, die nicht irgendeinem Sieg gewidmet wurde, oder einer Niederlage. Wie viele Künstler hat diese Stadt hervorgebracht? Und doch sind ihnen nur kleine Gassen gewidmet, die großen Straßen sind nach Generälen benannt, die außer Historikern keiner mehr kennen würde, hätte man ihnen diese Widmung verwehrt. Sehen Sie, Paris ist eine Stadt, in der man Zyniker wird, es aber als solcher hier nicht aushält. Allein schon die Grands Boulevards! Wissen Sie, als Haussmann dort die ganzen Slums abreißen ließ und prächtige Straßen anlegte, gab ihm das Innenministerium den Auftrag, darauf zu achten, dass die Architektur dem Militär bei Straßenkämpfen taktische Vorteile verschaffe. Die Stadt der Liebe ist als Waffe gebaut worden. Hätte General von Choltitz sie damals gesprengt, es wäre ein würdiges Ende gewesen.

Sie haben recht, es ist spät geworden. Zeit, nach Hause zu gehen. Es war sehr freundlich von Ihnen, mir so lange zuzuhören; ich hoffe, ich habe Sie nicht gelangweilt. Ich werde nun hier an der Seine entlanggehen bis zu meinem Hotel – ich habe noch eine Flasche Weißwein zu Hause. Wer weiß, vielleicht bin ich danach betrunken genug, um schlafen zu können. Nein, machen Sie sich keine Sorgen!

Es ist alles genau so, wie ich es immer wollte; gerade auch, weil ich vergessen habe, wie ich mir einst die Zukunft erträumt habe.

Nun denn, gute Nacht! Und denken Sie nicht allzu oft an mich, es sollte nicht zu viele von uns geben.

DER OBERBÜRGERMEISTER

Doktor Hasenrieder sieht zufrieden zum Fenster seines geräumigen Büros hinaus. Draußen scheint die Sonne auf den kleinen, gepflasterten Marktplatz, erste Touristen haben sich an der Eisdiele eingefunden, um diesen herrlichen Sommertag mit einem Milchkaffee zu beginnen, die Balkonkästen leuchten im gedeckten Lila der Geranien, im Hintergrund glänzt das Dach des alten Pulverturms. Die Kirchturmuhr nebenan schlägt elf. Er hat noch eine halbe Stunde Zeit, bis der Boneberger eintreffen wird und sie die letzten Details vor der Pressekonferenz besprechen können. Doktor Hasenrieder beschließt, einen kleinen Rundgang durch seine Stadt zu wagen, und verlässt, ein Liedchen auf den Lippen, das Rathaus.

Er kommt beim unteren Tor heraus und kann sich nicht zurückhalten, beim Anblick des geschmückten Gässchens vor ihm ein leises »Malerisch« dahinzusagen. Hinter der

Scheibe des Metzgereifachgeschäftes schneidet die Verkäuferin Leberkäs auf, ein Stück weiter lehnt neben dem Eingang der Stadtbibliothek ein Mann aus Bronze auf einem riesigen Bücherstapel, vorwitzig die Nase nach vorne gestreckt, und rechterhand plätschert ein kleiner Brunnen vor sich hin, der erste, den Doktor Hasenrieder hat bauen lassen – vor gut 35 Jahren; nicht der schönste in der Stadt: eine rechteckige Wanne in Schwarz und Rot, darüber ein kleines Türmchen, aus dem Wasser sprudelt. Weiter hinten, jenseits des Spielzeugladens, in dem lustige kleine Playmobilmännchen Mittelalter spielen, hört er das Rattern eines Autos auf Kopfsteinpflaster: Das muss wohl am Fluss sein, dort will er auch einmal hinsehen.

All die Leute, die ihn grüßen! Kein Passant, der nicht kurz die Hand hebt. Sie sehen, dass er in Eile ist, deswegen bleiben sie nicht stehen, um zwei oder drei Worte mit ihm zu plauschen. Wahrscheinlich denken sie, er ist in wichtigen Angelegenheiten unterwegs – es ist nicht seine Art, mitten am Tag zu lustwandeln. Woher sollen sie wissen, dass der heutige Tag eine Ausnahme von der Regel ist? Er bedauert, dass es aus der Mode gekommen ist, Hüte zu tragen: Er wäre gerne mit dem Zylinder auf dem Kopf herumspaziert, die Hand an der Krempe, um den Hut in einem fort lüften zu können. Das hätte angenehm auf der Kopfhaut gekribbelt, denkt er. Er ist zu Scherzen aufgelegt.

Die alte Holzbrücke steht wie ehedem über dem Bach, der friedlich dahinfließt. Kaum zu glauben, dass der, wenn die Schneeschmelze einsetzt, zu einem reißenden Fluss werden kann, sogar regelmäßig über die Ufer tritt. Letztes Jahr hat er alle Keller am Saumarkt geflutet. Ganze Bäume hatte er entwurzelt und bis zum Fußgängerübergang ein Stück aufwärts gespühlt, wo sich das Geäst in einer der Querstreben verfangen hatte; man hatte die Konstruktion einreißen und neu bauen müssen, so sehr war sie in Mitleidenschaft gezogen worden. Doktor Hasenrieder war ganz ehrfürchtig geworden ob der Naturgewalt – immerhin waren Schäden im sechsstelligen Bereich festgestellt worden, selbst der Ministerpräsident war angereist. Sie hatten gemeinsam, im Licht der Fernsehkameras, die Schäden inspiziert, hier den Keller der Anwohnerin, die kistenweise ihren zu Unrat gewordenen Lagerbestand auf die Straße schaffte, dort den Getränkeraum einer Pizzeria, deren Besitzer fluchend auf die verschlammten Reste seiner frisch angeschafften Zapfanlage wies. Am Ende hatten sie, zusammen mit dem Landrat, im Foyer des Rathauses eine Pressekonferenz gegeben, Ausschnitte davon hatte sogar der SWR in seiner abendlichen Nachrichtenschau gesendet – die VHS-Kassette, auf der Doktor Hasenrieder den Bericht aufgezeichnet hatte, bewahrt er wie einen Schatz in jener Schublade, in der er auch die Zeitungsberichte über sich sammelt. Man sieht darauf, wie er, im besten Anzug und vor lauter Aufregung in zwei verschiedene Richtungen gleichzeitig guckend – er schielt, wenn er angespannt ist – neben dem Ministerpräsidenten sitzt, als jener der kleinen Stadt finanzielle Unterstützung zusagt. Dass später von der versprochenen Summe nur ein Bruchteil vom Parlament bewilligt wurde, und am Ende Stadt und Bewohner für einen Großteil der Kosten aufkamen, trübt seine Erinnerung kaum – zu sehr hat er den Moment, als ganz Baden-Württemberg auf ihn sah, genossen. Wegen der schwierigen kommunalen Kassenlage hatte er nur die von der Versicherung abgedeckten Reparaturen, nicht aber die von Experten empfohlenen vorsorglichen Baumaßnahmen durchführen können, ohne darüber allzu viele Gedanken zu verschwenden – eine solche Katastrophe würde sich ohnehin nicht wiederholen, nicht umsonst sprachen die Medien von der Jahrhundertflut.

Er wendet sich nach links, geht durch das alte Stadttor, hin zur Eselsmühle, die er neu hat unter Wasser setzen lassen; auch da hängen die Geranien, rosafarben diesmal, ein paar Touristen in den Sechzigern stehen mit ihren Fahrrädern davor und schießen Fotos. Er hat Lust, sich dazuzustellen und ihnen zu erzählen, dass er es gewesen sei, der den Verein zur Restaurierung der Eselsmühle gegründet hat. Er kann sich ihr Staunen schon vorstellen, wenn er ihnen schildern würde, wie es hier noch vor ein paar Jahren ausgesehen hat: all das morsche Holz, das bei Sturm finster knackte, die vom Moos vollständig bedeckten Beckenböden, die rostroten Verankerungen, die in der brüchigen Mauer eingelassen waren, alles in allem ein Bild des totalen Verfalls. Aber er hat nur noch wenige Minuten Zeit, die er lieber damit verbringt, dem steten Lauf des Mühlrades zuzusehen; manchmal spritzt ein wenig Gischt über den Beckenrand und malt lustige Muster auf die Steine ringsumher. Hier wird er häufig sitzen, denkt er, wenn er denn dann im Ruhestand ist, in zweiundzwanzig Wochen schon. Vielleicht wird er wieder Pfeife rauchen …

Als er zum Rathaus zurückkommt, erwartet ihn sein Nachfolger bereits. »Ja, der Michael!«, sagt er mit großer Geste, der Boneberger kommt dienstbeflissen heran und reicht ihm verlegen grinsend die Hand. Er ist wirklich nett anzusehen, das schwarze Haar zum Seitenscheitel gerichtet, ein paar Grübchen in den Wangen. Er hat etwas Lausbübisches im Gesicht, das älteren Damen gefällt und an dem sich die Herren nicht stören. Sein Anzug jedoch sitzt nicht perfekt, Doktor Hasenrieder stellt das mit Zufriedenheit fest; dem Boneberger fliegen ohnehin die Herzen zu, so wird er selbst gleich ebenfalls eine gute Figur machen können.

»Du«, ruft Doktor Hasenrieder dem Michael zu und

klopft ihm dabei männlich auf die Schulter, bevor er verschwörerisch die Lautstärke dämpft, »es gibt da noch eine Sache, über die wir reden müssen.«

Boneberger nickt mit der gebotenen Ernsthaftigkeit, während sie die Stufen hoch zum Dienstzimmer steigen. »Wenn es um das neue Gewerbegebiet geht, dann …«

Aber Hasenrieder hebt abwehrend die Hand. »Da mach dir mal keine Sorgen, das bekommen wir schon hin. Nein, es ist etwas anderes: Schau, der Pfarrer hat gestern angerufen, ihm ist da so ein Gerücht zu Ohren gekommen.« Hasenrieder sieht, der Spannung wegen einen Moment zögernd, verschwörerisch auf Bonebergers Nase.

Der nickt erwartungsvoll.

»Es ist ja so, dass du mit deinerBoneberger nickt mit der gebotenen Ernsthaftigkeit, während sie die Stufen hoch zum Dienstzimmer steigen … na, wie heißt sie doch gleich …«

»Manuela!«, ruft Boneberger, froh, helfen zu können.

»Genau, mit deiner Michaela draußen in Niederweiler ein Haus gebaut hast, nicht wahr? Nun hat der Pfarrer angedeutet, ich weiß nicht, wie ich es sagen soll …« Er hebt die Hand zum Kinn und kratzt sich nachdenklich. »Ich will nicht lang drumrumreden, deswegen: Seid ihr zwei denn schon verheiratet?«

Boneberger, der sichtbar anderes erwartet hat, lehnt den Oberkörper erleichtert nach hinten. »Nein«, sagt er, »so weit ist es noch nicht.« Er hält kurz inne und setzt dann ein zögerliches »Leider« dazu, dann räuspert er sich. »Wir wollten zuerst den Wahlkampf abwarten, um dann im nächsten Sommer vielleicht …« – er beginnt zu stocken, er sieht die Missbilligung in Hasenrieders Gesicht – »… na ja, die Manuela wollte ein wenig Zeit haben mit der Hochzeit, da dachten wir …«

»Ja, wie jetzt, hat sie sich's denn noch immer nicht recht überlegt?«, poltert Hasenrieder, der Empörung in sich aufsteigen fühlt.

»Doch, doch!« Boneberger hebt beschwichtigend die Hände. »Wir haben alles genau abgesprochen, wir sind uns ja auch einig, aber sie wollte Zeit haben, um das Fest gut vorzubereiten, und jetzt der Wahlkampf und alles, da ist Zeit eben ein knappes Gut!« Ausladende Geste seinerseits.

»Ja, aber dann ist doch alles klar.« Hasenrieder verschränkt die Hände vor seinem Bauch. »Dann werdet ihr beiden euch hübsch nach der Wahl vermählen, im Oktober ist die Kirche noch an zwei Wochenenden frei, hat der Pfarrer gesagt.«

»Im Oktober?« Bonebergers Gesichtszüge entgleiten ihm, würde er zum Spiegel auf der anderen Seite des Raumes blicken, könnte er eine verblüffende Ähnlichkeit mit einem Tiefseefisch feststellen. »Aber im Oktober!«

»Du brauchst mir nicht zu danken«, sagt Hasenrieder,

der seine Schuhspitzen betrachtet hat und dem deswegen der eigentümliche Gesichtsausdruck seines Gegenübers entgangen ist. »Ich habe beide Termine blocken lassen, pro forma versteht sich, ihr werdet ja nicht zweimal heiraten wollen!« Hasenrieders dumpfes Lachen erstirbt erst, als er Bonebergers saure Miene bemerkt.

»Aber was ist denn? So hat deine Frau doch alle Zeit der Welt, um die nötigen Schritte, ähm, in Bewegung zu setzen.« Er sieht kurz nach links oben, irgendwas stimmte da nicht …

»Ja, aber … Aber im Oktober ist's hier doch arschkalt!«

»Hebel«, sagt Hasenrieder und nickt zufrieden. »Hebel wollte ich sagen.«

»Also, Klaus«, antwortet, halb abgewendet, Boneberger, »das kann ich doch nicht machen, wir wollten doch in der Sonne heiraten, Ende Juni vielleicht oder im Juli! Es soll schön draußen sein, mit den ganzen Blumen, und die Einladungen, nur drei Monate im Voraus, ich meine, die reißt mir den Kopf ab.«

Hasenrieder hebt bedächtig die Hand. Dass Boneberger so ein Pantoffelheld ist, wer hätte das gedacht; er nicht. Jetzt braucht es Diplomatie, um die Dinge wieder ins Lot zu bekommen.

»Ach was«, sagt er mit allem verfügbaren Timbre. »Die Michaela …«

»Manuela!«, ruft verzweifelt der Boneberger.

»Die Michaela wird das schon verstehen. Schau, es ist so: Du kannst doch nicht Bürgermeister sein und gleichzeitig in wilder Ehe leben! Wie sähe das denn aus. Der Pfarrer war ja schon gestern kaum zu beruhigen. Der wollte sogar eine Predigt zu dem Thema halten. Eine Predigt! Wie sähe das denn aus, frag ich dich.«

»Ach«, antwortet der Boneberger, »aber warum denn nicht im nächsten Sommer?«

»Was du heute kannst besorgen, das verschiebe nicht auf morgen!« Hasenrieder haut dem Boneberger beherzt auf die Schulter. »Also abgemacht? Und wegen der Einladungen mach dir mal keine Sorgen, je weniger kommen, desto billiger wird's am Ende!« Sein Gelächter schallt durch den Raum; ein gelungener Scherz. Und doch muss er mit Missbilligung feststellen, dass Boneberger noch immer betreten dreinschaut. Er hört ihn noch murmeln, dass sie ihm den Hals umdrehen werde, da fällt er ihm ins Wort: »Jetzt überleg mal, worum es geht! Du wirst Oberbürgermeister, das wird nicht jeder! Die wird das schon verstehen, mach dir mal keine Sorgen.« Mit diesen Worten wendet er sich seinem kleinen Holzschrank zu, nimmt eine Flasche durchsichtigen Inhalts und füllt zwei kleine, bauchige Gläschen damit. »Jetzt trink erstmal en Obschtler, dann ischs rät«, sagt er grinsend.

Boneberger will abwehrend die Schultern nach hinten nehmen, sieht aber noch im Ansatz der Bewegung ein, dass er sich bereits unkooperativ genug gezeigt hat, und nimmt das Glas.

»Auf den kommenden Oberbürgermeister!«, ruft – bester Dinge – Hasenrieder aus.

»Und auf den jetzigen sowieso«, antwortet, noch immer geknickt, Boneberger.

Dann stürzen sie in einem Rutsch das scharfe Zeug hinunter. Dem Boneberger scheint etwas in die Luftröhre gekommen zu sein, er schüttelt sich ein wenig und kann kaum ein Husten unterdrücken.

Hasenrieder hält genießerisch das Glas in die Sonne und sagt: »Der ist von meiner Großmutter.«

»Ja«, sagt ächzend der Boneberger, »das hab ich mir schon gedacht.«

Oberstudienrat a. D. Kessler sitzt im Konferenzraum des Rathauses und nestelt nervös an seinem Aufnahmegerät herum. Mit seinen langen, dürren Fingern kontrolliert er, ob die Batterien richtig eingelegt sind, drückt kurz auf Fast Forward, stoppt die Kassette, schaltet auf Aufnahme und spricht leise »Test einszwei« in die vorgesehene Öffnung. Dann spult er zurück und hört seine krächzende, erstaunlich hohe Stimme »Test eins zwei« sagen. Selbstgewiss blickt er im Raum umher, um zu sehen, ob ihn jemand beobachtet hat. Das Radioteam verstöpselt ungerührt weiter Mikrofone am Fronttisch, Hans Quallinger, der Lokalredakteur des Schwäbischen Boten, sitzt mit verschränkten Armen und geschlossenen Augen in seinem Stuhl, als wäre es eine Hollywoodschaukel, und der Volontär, der im Auftrag des örtlichen Anzeigenblättchen einen kleinen Artikel für den redaktionellen Teil schreiben soll, kritzelt sich eifrig Notizen in sein liniertes Moleskine.

Ein wenig beleidigt fischt Oberstudienrat a. D. Kessler nach seiner Taschenuhr: Es ist kurz nach zehn. Gleich beginnt die große Pause, denkt er unwillkürlich, dann greift er sich an den Kopf, wie man auf die Motorhaube eines heißgelaufenen Autos fasst. Oberstudienrat a. D. Kessler ist bereits seit vier Jahren pensioniert, aber er hat sich mit seinem Rentnerdasein bisher nicht anfreunden können.

Die erste Zeit ist er wie gewohnt um halb sieben aufgestanden, hat sich seinen Kaffee gemacht, den er stehend am Fenster zu trinken pflegte, und hat dann das Haus verlassen für einen Spaziergang, der ihn – an der Schule vorbei – in die Innenstadt führte. Dort hat er sich fünf Zeitungen gekauft, die FAZ, die SZ, die Frankfurter Rundschau, Die Welt und den Schwäbischen Boten, montags außerdem noch den Spiegel und donnerstags Die Zeit. Solchermaßen ausgerüstet hat er sich in das einzige Café gesetzt, das um diese Uhrzeit geöffnet hatte, ein Glas Orangensaft geordert und mit der Lektüre begonnen. In dem Täschchen, das er bei sich trug, befanden sich eine Schere, ein Stift und eine Mappe; sobald ein Artikel sein besonderes Interesse weckte, schnitt er ihn sorgfältig aus, ergänzte – sofern nötig – oben rechts Datum und Zeitung und heftete ihn zur weiteren Archivierung ab. Zu Hause klebte er die Ausschnitte auf festes Papier und sortierte sie thematisch, um sie dann in den entsprechenden Leitz-Ordnern aufzubewahren, und fluchte über Die Zeit, weil sich deren Texte allzu oft über Vorder- und Rückseite zogen. In der ersten Woche waren so 46 Artikel in die Rubriken Außenpolitik, Innenpolitik, Finanzwelt, Geschichte und Kultur gewandert, wobei sich Oberstudienrat a. D. Kessler nicht sicher gewesen war, ob er die »Außenpolitik« nicht nach einzelnen Weltregionen unterteilen sollte; nach längerem Nachdenken hatte er sich entschlossen zu warten, bis er eine gewisse Anzahl an Material gesammelt haben würde. Aber so weit kam es nie, denn in den folgenden Wochen nahm seine Ausbeute spürbar ab: Bereits nach zwei Monaten hatte er nur noch ein oder zwei Artikel abzuheften, häufig von Birgit Schönau oder Andrea Böhm, manchmal noch einen Seite-Drei-Bericht aus der Süddeutschen. Vom Rest glaubte er, ihn schon dutzendfach gelesen zu haben, wie ihn überhaupt die Lektüre immer mehr langweilte.

Statt aber sein ärgerliches Hobby aufzugeben, begann er, sich zu diesem oder jenem Artikel Stichworte zu notieren, später formulierte er seine Eingebungen dann zu ganzen Texten, immer zweifelnd, ob er sie nicht als Leserbrief an die Redaktion schicken sollte; was er dann doch unterließ, weil er es als anmaßend empfand. Dies änderte sich erst anlässlich einer Harald-Martenstein-Kolumne über das Schulsystem, in der jener irgendeine Meinung vertrat, mit der Oberstudienrat a. D. Kessler nun gar nichts anfangen konnte, weil seine gesamte Erfahrung »aus vierzig Jahren praktischen Tuns« (wie er schrieb) dagegen sprach, weswegen er gut zwei Seiten aufsetzte, um den bis dahin von ihm hoch verehrten Schreiber von dessen Irrtum zu überzeugen.

Als er am nächsten Donnerstag Die Zeit kaufte, schlug er zuallererst die Leserbrief-Sektion auf, begierig, dort seinen Namen zu finden. Aber was musste er feststellen, nachdem er die Seite mehrmals aufmerksam durchforscht hatte: Sein Schreiben war nicht abgedruckt worden. Ärgerlich und enttäuscht legte er die Zeitung zur Seite, bevor er unwillig den Kopf schüttelte: Die feinen Herren konnten ihm alle mal gestohlen bleiben. Seine sachliche und höchst fundierte Kritik nicht zu berücksichtigen, das grenzte geradezu an Zensur! Er trank einen großen Schluck Orangensaft und wandte sich, wie es seine Gewohnheit war, als erstes dem Magazin zu, das ausnahmsweise einmal mehr Informationen über Autos als über Uhren beinhaltete. Als er Martensteins Kolumne aufschlug, war er bereit, jeden seiner Sätze mindestens überflüssig zu finden, nötigenfalls sogar für schädlich zu halten.

Die ersten Zeilen las er mit missmutig zusammengekniffenen Augen, bis die Rede auf eine Zuschrift kam, die der Kolumnist letzte Woche erhalten habe, und in der vom Schulsystem die Rede war. In einigen kurzen Sätzen fasste Martenstein zusammen, was Oberstudienrat a. D. Kessler vorgetragen hatte, und bedankte sich für die Mühe, die sich der Schreiber gemacht habe. Kessler schlug das alte Herz bis zum Hals, er konnte sich nicht erinnern, in den letzten Jahren je so aufgeregt gewesen zu sein. Mit zittrigen Fingern versuchte er, ohne den Text zu Ende gelesen zu haben, die Seite aus dem Heft herauszutrennen, aber weil er seine Kraft nicht recht kontrollieren konnte, riss ihm das Papier mittendurch. Hastig trank er aus, zahlte und eilte zum Bahnhof, um sich noch ein Exemplar zu kaufen. Dann ging er leichten Schrittes nach Hause.

Seine Laune trübte sich ein wenig, als er dort ankam und gewahr wurde, dass niemand auf ihn wartete, dem er sein Abenteuer verkünden konnte. Nachdenklich starrte er aufs Telefon, unsicher, wen er um diese Uhrzeit anrufen könnte – weder die Hand voll Freunde, die ihm geblieben waren, noch seine Tochter, mit der er nur sporadisch Kontakt pflegte, kamen in Frage. Er fühlte sich verletzlich, und instinktiv wusste er, dass er die kleinste Unaufmerksamkeit, ein einziges dahingeworfenes Wort als Kränkung empfinden würde. Also ließ er das Telefonieren lieber und gönnte sich stattdessen, um wieder zu Laune zu kommen, einen kleinen Calva.

Vom Alkohol in euphorische Stimmung versetzt, inzwischen allerdings auch ein wenig gelangweilt, setzt sich Oberstudienrat a. D. Kessler an seinen Computer und ruft die Seite des Schwäbischen Boten auf. Oben rechts fällt ihm zum wiederholten Mal die Rubrik »Blogs« auf, mit dem Hinweis, dass hier jeder Leser zum Autor werden könne, er brauche sich nur zu registrieren. Oberstudienrat a. D. Kessler geht noch einmal zur Minibar, gießt sich seinen zweiten Calva ein, knibbelt gedankenverloren am Etikett und schreitet dann entschlossen zurück zu seinem Arbeitsplatz.

Eine dreiviertel Stunde darauf erscheint der erste Beitrag des neuen Nutzers »Seneca« im Community-Bereich des Schwäbischen Boten.

Peter Unnerstahl sitzt am Konferenztisch des Schwäbischen Boten und streicht sich durch seinen seitlich bereits etwas angegrauten, akkurat gepflegten Vollbart. Vor zwei

Jahren hat er den Posten des Chefredakteurs beim Boten angedient bekommen. Peter Unnerstahl ist gern Journalist; seit seinen Schülerzeiten hat er sich keine andere Tätigkeit vorstellen können. Tatsächlich schmeichelt sie sowohl seiner Intelligenz als auch seiner Eitelkeit: Weil er obendrein fleißig und integer ist, hat er sich über die Jahre bei seinem Hausblatt in Westfalen bis zum stellvertretenden Chefredakteur hochgedient. Da ihm dort aber ein Gleichaltriger vor der Nase saß, konnte er kaum hoffen, noch einen Schritt nach oben zu machen.

Umso erfreuter war er von der Nachricht, dass der Schwäbische Bote erwog, ihm den Posten des Chefredakteurs anzubieten. Unnerstahl hatte nämlich das Redesign seiner Zeitung federführend verantwortet und war dafür mit zwei Preisen ausgezeichnet worden – dadurch war man im fernen Allgäu auf ihn aufmerksam geworden. Der Verleger traute im Haus niemandem zu, seinem Blatt ein neues Gewand und eine gefälligere Struktur zu geben, die Anzeigenrückgang und Leserschwund aufhielten. Bisweilen fiel einem der Aufsichtsratsmitglieder der Name Quallinger aus dem Mund, aber das – so dachte der Verleger – war ja auch nur einer dieser düsteren Bauern aus vormodernen Zeiten, der nicht weiß, was ein Pagerank ist. Es brauchte frischen Wind.

So kam Unnerstahl an den Posten, der schon immer

sein großer Traum gewesen war. Einmal ein Blatt übernehmen und nach seinen Vorstellungen gestalten! Junge Talente fördern, brisante Themen aufgreifen, Kontroversen anzetteln! Dafür ist er sogar aus seinem Dortmund hierher gezogen, »mitten in den Wald«, wie seine Frau zu sagen pflegt. Sie lacht selten, seit sie das große Haus am Stadtrand bewohnen. Sie hasst es hier. Sie sagt, dass die Leute hier häufiger Sex als Smalltalk hätten und man so nicht leben könne.

Unruhig rutscht er auf seinem Stuhl hin und her, er muss schon wieder auf Toilette. Irgendeiner dieser Bergbauern hat ihm direkt vor sein Bürozimmer einen Brunnen hingestellt, und das permanente Plätschern geht ihm stark auf die Blase. Fünf Minuten will er es noch aushalten, das ist, meint er, seine Prostata ihm noch schuldig, schließlich ist er erst knapp über 50. Er blättert noch mal durch das dreiseitige Konzept, das er gestern Abend zusammengestellt hat, und das er vorhin seiner Redaktion präsentiert hat. Der Wahlkampf, steht da, sei die ideale Gelegenheit, unserer Aufgabe als meinungsbildendes Medium gerecht zu werden und die Wichtigkeit der Zeitung für diese Stadt zu unterstreichen. Was nicht da steht: Es geht nicht nur um das Blatt, es geht auch um seine Position. Der Empfang der Belegschaft war nicht eben warmherzig gewesen. Unnerstahl ist klug genug zu wissen, dass er liefern muss.

Er schließt kurz die Augen, um sich seine Vision zu vergegenwärtigen: eine große Podiumsdiskussion mit allen Kandidaten, in der Stadthalle, auf zwei Abende verteilt. Aber nicht, wie man gewöhnlich Podiumsdiskussionen hier führt, mit einem blassen Gastgeber, der hin und wieder Stichworte liefert, um die sich die Diskutanten dann herumwinden können, nein: eine kritisch begleitete, scharfzüngig kommentierte Diskussion, in der er, Unnerstahl, die Fragen des Publikums vortrüge, wenn es denn klug und informiert genug wäre, um entsprechende Fragen formulieren zu können.

Peter Unnerstahl hatte mit dem Applaus der Redaktion gerechnet, als er seine Vision vortrug, aber wie immer während der Redaktionssitzung kam nur verhaltenes Gemurmel. »Was soll's«, hat der Quallinger gesagt, »es wird sowieso der Boneberger, ganz egal was wir machen.« Der ganze Raum hat kurz genickt.

Unnerstahl schüttelt sich kurz. Er wird wohl einen Schülerpraktikanten mit in das Vorbereitungsgremium setzen müssen, um immerhin ein bisschen Leben in das Vorhaben zu bringen. Er spürt ein Ziepen im Unterbauch und erhebt sich, um zur Toilette zu gehen.

Hans Quallinger sitzt an seinem Platz im Großraumbüro und sichtet die Fotos von der Pressekonferenz. Sein graues Gesicht mit den tiefen Magenfalten spiegelt sich im Monitor des aufgeregt vor sich hinbrummenden Computers, während Quallinger wie in einer Avantgarde-Lesung immer wieder unvollständige Sätze in die sonore Eintönigkeit spricht. »Diese verfluchte Wahlberichterstattung«, sagt er leise, während er das dreißigste Bild eines gutgelaunten Hasenrieder wegklickt, den der Fotograf sehr viel öfter in den Fokus genommen hat als den blassen Boneberger, auf dessen Stirn sich Schweißtropfen abzeichnen. Ihm ist klar, dass es nicht einfach sein wird, ein halbwegs schmeichelhaftes Porträt des Neuen zu finden, denn die Hälfte der Fotos ist viel zu hell, und um sie mit dem richtigen Farbton zu versehen, reichen Quallingers Photoshop-Kenntnisse nicht aus.

»Ich mach den Scheiß schon viel zu lang«, murmelt er vor sich hin, wohlwissend, dass er diesen Satz immer auf den Lippen hat, bei jedem Thema, denn Quallinger ist alt geboren. Sein Zynismus ist echt, er hat dafür keinen Idealismus aufgeben müssen.

Er klickt auf die Übersicht, es sind insgesamt 237 Aufnahmen, schüttelt müde den Kopf und flucht auf die modernen Zeiten, so wie er es, wäre er zu einer anderen Zeit geboren worden, auch getan hätte. Er beschließt, erst mal eine Zigarette zu rauchen, und schließt den Ordner, den er »Scheißfotos von einer scheißegalen Scheißpressekonferenz« genannt hat.

Draußen sieht er Unnerstahl gemessenen Schrittes an der Glastür vorbeigehen. »Die arme Sau«, murmelt Quallinger leise. Erst gestern hat er in der Kneipe erzählt, dass der Unnerstahl es nicht einfach habe hier mit seinem vornehmen Vollbart und den edel-eleganten Anzügen, der könnte, hat er gesagt, auch ein Ortsschild auf der Stirn tragen, so wenig gehört der hierher. Und jetzt noch diese Schnapsidee mit der kritischen Podiumsdiskussion, was soll denn dabei rauskommen? Dass der Hasenrieder ein Arschloch ist und der Boneberger seine Handpuppe? Aber so was darf noch nicht einmal der Kessler schreiben, dieser Internetheini, sonst gibt's gleich Post vom Anwalt.

Quallinger geht zur Feuertreppe, »eine schloten«, wie er zu sagen pflegt. Er wird noch einen Meinungsartikel über den Ausbau der A96 schreiben, 2.500 Zeichen, in dem stehen wird, was in seinen vorherigen Artikeln zum Thema bereits zu lesen stand: dass es eine Ungeheuerlichkeit sei, diese Autobahn in Sichtweite zur nördlich der Stadt gelegenen Siedlung zu bauen, dass mindestens eine Schallschutzmauer, besser noch eine Übertunnelung vonnöten sei, dass ansonsten alle Grundstücke in der Umgebung signifikant an Wert verlören, vom Verlust der Lebensqualität durch die fortwährende Lärmbelästigung gar nicht erst zu reden; dass man sich da ja nun wehren müsse, mindestens bei den Samstagsdemonstrationen, die auch morgen wieder und so weiter ... Danach wird er ein Bier trinken gehen.

Am nächsten Morgen bläst der Fön warm und gleichbleibend stark von Italien her über die Berge; die Alpen stehen erhaben und unerschütterlich hinter den grünen Hügeln des Allgäus, das Eis auf den höchsten Gipfeln glänzt in der Sommersonne. Doktor Hasenrieder steht, ein Glas Milch in der Hand, auf seinem Balkon und gluckst überwältigt. Als er hinter sich seine Frau in die Küche kommen hört, dreht er sich halb um und ruft ihr zu: »Schau, Irmgard, ist das nicht prächtig!?«

Ein verrunzeltes Gesicht, die Altersfalten tief ums Kinn gegraben, blickt mürrisch auf den strahlend blauen Himmel, nickt kurz und sagt dann: »Red du heute mal mit dem Franz, dass der nicht wieder am Samstag die Felder düngt, sonst stinkt wieder der ganze Garten nach Gülle, wenn die Leut' kommen morgen.«

Doktor Hasenrieder nickt bedächtig. Dann lässt er sich auf einem Balkonstuhl nieder und schlägt die Zeitung auf, während seine Frau drinnen den Frühstückstisch deckt. Milde den Kopf schüttelnd durchblättert er den innen- und außenpolitischen Teil, überfliegt die Titelzeilen im Sport und hält erst inne, als er bei den lokalen Seiten angelangt ist. Er nickt zufrieden, als er das große Foto mit ihm und dem Boneberger auf der ersten Seite sieht, er mit seiner rechten Hand auf dem Tisch, den Kopf erhoben und den Blick in die Menschenmenge gerichtet. Er findet, dass er etwas Staatsmännisches hat. Boneberger hingegen, der gerade von seinem Stuhl aufsteht, sieht etwas verdruckst aus, wie er da mit der rechten Hand seine Krawatte festhält und sich mit der Linken an die Stuhllehne klammernd den Blick auf den Boden richtet.

»Es ist schon ein Jammer, dass ich in den Ruhestand trete«, sagt er leise vor sich hin, bevor er den Artikel zu lesen beginnt – ein wortgetreues, etwas gekürztes Protokoll der Konferenz: »Die erfolgreiche Zusammenarbeit der letzten Jahre fortsetzen«, liest er sich da sagen, und dass sie den idealen Kandidaten gefunden hätten, um das Städtchen auch zukünftig »in der Erfolgsspur zu halten«. Doktor Hasenrieder rückt zufrieden seine Brille gerade und lehnt sich mit einem leisen Seufzer in den Gartenstuhl zurück. Er will gerade die Zeitung zusammenfalten, da klingelt das Telefon.

»Hasenrieder?«

»Morgen Helmut. Entschuldige, dass ich so früh schon anrufe.« Die Stimme von Klaus Fischer, seinem Stadtratskollegen, klingt belegt; wahrscheinlich war er gestern wieder zu lange Skat spielen; seit seine Frau gestorben ist, schaut er abends gerne mal zu tief ins Glas.

»Ach, Klaus! Was gibt's denn Dringendes?«

»Hast du schon das von dem Maucher gehört?«

»Dem Peter? Will der noch ein Autohaus aufmachen?«

»Nicht der alte Maucher, der junge!« Klaus Fischer seufzt, dann schweigt er einen Moment.

»Jetzt sag halt schon, was ist denn? Ist er tot?«

»Ach was!«, ruft Klaus Fischer, »Kandidieren will er!«

»Wie, was, wofür denn?« Doktor Hasenrieder versteht nicht ganz, was er damit zu tun haben soll.

»Na, als Oberbürgermeister!«

In Doktor Hasenrieders Hirn tritt endgültig Verwirrung ein. Der junge Maucher? Der hat doch studiert, irgendwo im Norden, in Mainz oder so. Seit wann ist der denn überhaupt wieder zurück? Und warum sollte der kandidieren wollen? Was will denn der als Oberbürgermeister? Doktor Hasenrieder fummelt sich durch seine Backenbartlandschaft, bevor er matt in den Hörer sagt: »Ach was.«

»Doch, und die SPD will ihn unterstützen!« Klaus Fischer klingt angestrengt. »Das ist mal eine Sauerei, kann ich dir sagen. Wenn der die Freien Wähler auf seine Seite kriegt, dann kann das richtig eng werden hier!«

»Gott bewahre!« Doktor Hasenrieder hebt behutsam

seine Hand. »Der ist doch noch grün hinterm Hals, den wählt doch keiner.«

»Ach, und der Boneberger ist ein gestandener Mann oder was? Der ist doch kaum zwei Jahre älter!«

»Aber die Leute wählen ja nicht den Boneberger, die wählen die Fortsetzung unserer erfolgreichen Zusammenarbeit! Die wählen die Konstanz, die wollen doch, dass alles so bleibt wie's ist!«

»Na, wenn du meinst.« Klaus Fischer klingt nicht überzeugt, nur ein wenig müde. Wahrscheinlich der Kater.

»Klar meine ich das! Du wirst schon sehen, die Dinge gehen ihren Gang, da kann sich der Maucher auf den Kopf stellen.«

»Na, wir werden sehen. Dann bis heute Abend«, sagt Fischer und legt auf.

In das Tuten des Hörers hinein sagt Doktor Hasenrieder leise »Scho rät« und hält noch für einige Momente den Hörer ans Ohr. Dann schüttelt er sich kurz und legt auf. Als er aus dem Fenster schaut, sieht er den Franz mit seinem Traktor aufs Feld fahren, den Sprenklerwagen hinter sich herziehend.

Ach was, denkt Quallinger: der Maucher, dieses Arschloch. Er steht am unteren Ende der kleinen Tribüne, auf der alles in allem zweihundert Zuschauer Platz finden, was die Verantwortlichen glauben machte, den besseren Acker zu seinen Füßen »Stadion« nennen zu dürfen. Rund 500 Gäste verteilen sich um den Platz, einer hat eine Trommel dabei, auf die er in unregelmäßigen Abständen eindrischt, als wär's ein verstaubter Teppich. Hin und wieder ruft er den Namen des örtlichen Fußballvereins, drei Reihen weiter klatscht eine ältere Frau mit, knapp neben dem Takt. Es geht gegen den schärfsten Konkurrenten um den Aufstieg in die Oberliga, und ausgerechnet heute hat sich der freie Mitarbeiter, der den Club normalerweise publizistisch begleitet, krank gemeldet – die Schulter habe er sich ausgerenkt, beim Segeln auf dem Bodensee. Quallinger hat, als er den Anruf erhielt, gar nicht erst versucht, einen Ersatz zu suchen, die meisten seiner Leute haben Familie und Eigenheim, sie brauchen das Wochenende, um ihre Ehe zu flicken, oder das Garagendach.

Außerdem – nichts ist einfacher als einen Fußballbericht zu schreiben. Aus 200 fest gefügten Wendungen wählt man eine passende aus und setzt dann die nächstbeste hinten dran; am Ende ein zusammenfassendes Zitat des Trainers, fertig. Nur wenn Spieler mit Migrationshintergrund ein Tor geschossen haben, muss man auf eine einigermaßen korrekte Namensschreibweise achten.

Quallinger interessiert sich nicht für das Spiel, sondern sucht mit zusammengekniffenen Augen das Publikum ab, ob er irgendwo den Boneberger entdecken kann. Der macht sich rar neuerdings, wahrscheinlich glaubt er, der Sieg sei ihm eh nicht mehr zu nehmen. Quallingers Blick wandert zurück zu Maucher, der, einen Bratwurstwecken in der Linken, viele Hände schüttelt.

Schick sieht er aus, mit seinem nur wenig zu weiten Anzug, den gescheitelten, blonden Haaren, die sich rechts und links bis auf Augenhöhe an den Schädel schmiegen. Die große Nase und das kantige Kinn geben seinem Äußeren etwas Dynamisches, und sein breiter, muskulöser Körper verrät, dass er die letzten Jahre viel Sport gemacht hat. Am auffälligsten aber ist sein fleischiger, voluminöser Mund, der, wenn er ihn öffnet, den Blick freigibt auf zwei Reihen blendend weißer, sehr gerader Zähne.

Quallinger sieht kurz zu Boden; er kann verstehen, warum Maucher während der Schulzeit ein solcher Mädchenschwarm gewesen ist. Auch jetzt wird er von den wenigen anwesenden Frauen wohlwollend gemustert. Er ist sich nicht sicher, ob sich der Maucher überhaupt an ihn erinnern kann; er war zwei Stufen über Quallinger, und alle waren sich einig, dass aus dem noch was wird, draußen, in der echten Welt. Nach dem Abitur studierte er irgendwas, was Geld bringt, wahrscheinlich BWL, und soll eine Zeit als Unternehmensberater tätig gewesen sein.

Gibt so Leute, die mag man einfach nicht, denkt Quallinger, als der Maucher ihn im Gedränge entdeckt und grüßend die Hand hebt. Zögerlich winkt Quallinger zurück, sie kommen sich entgegen, und der Maucher klopft ihm jovial auf die Schulter.

»Na, ich hab gehört, du hast Karriere gemacht beim Schwäbischen Boten.«

Quallinger nickt. »Na ja, na ja. Und du? Willst jetzt Oberbürgermeister werden?«

»Ach!« Der Maucher lacht. »Ich wollt's zumindest mal versucht haben.«

»Aha, aha.«

»Und, schreibste über das Spiel, oder haste frei?« Maucher beißt fest in sein Brötchen und sieht dem Gegenüber dabei ins Gesicht. Ein feiner Faden Ketchup löst sich und landet auf seinem Hemd.

»Ich hab das Spiel übernommen, weil ein Kollege krank ist.« Quallinger versucht, nicht auf den roten Fleck zu starren. »Ich muss dann auch gleich mal wieder, nicht dass ich noch ein Tor verpasse.«

»Ja, is klar.« Der Maucher grinst. »Na, dann mach's mal gut! Wir sehen uns.«

Er dreht ab und geht wieder in Richtung des Pulks am Wurststand.

»Ja, du auch«, entgegnet Quallinger mechanisch, »du auch …«

Zwei Wochen später glänzt die Stadthalle im hellsten Licht, angeleuchtet von vier Außenstrahlern. Auf dem Vorplatz sind die drei Masten beflaggt worden, aber weil kein Wind geht, kann man nur mit Mühe erkennen, dass der weißrote Lumpen das Stadtwappen trägt und die beiden gelben Fahnen rechts und links davon auf den Schwäbischen Boten hinweisen. »Schau, schau, die Zeloten«, sagt leise der eintretende Oberstudienrat a. D. Kessler und schmunzelt über den gelungenen Witz.

Die Bühne liegt noch im Dunkeln, ein langer Tisch ist aufgebaut worden, drum herum Blumengedecke und ein Aufsteller, der dem Publikum mitteilt, dass dies eine Veranstaltung des Schwäbischen Boten sei. In langen Reihen stehen unbequeme, kaum gepolsterte Stühle, auf denen sich die beinah durchgehend in Abendgarderobe erschienene Bürgerschaft zu platzieren versucht. Viele Lehrer sind gekommen, ein paar Geschäftsinhaber aus der Innenstadt, fast alle Ärzte, politisch interessierte Hausfrauen, die Familien der Gemeinderatsmitglieder, einige wenige Rentner, Verwaltungsangestellte, vier oder fünf Schüler stehen verloren in einer Ecke und versuchen, ihre Unsicherheit wegzulachen. In der ersten Reihe steht Doktor Hasenrieder und begrüßt jeden, der in seine Nähe kommt, mit eisenhartem Händedruck; dabei lacht er jovial, seine gelben, pferdestarken Zähne werden ihn wohl noch lange überleben, denkt Quallinger, der beim Eintritt zu seiner großen Unzufriedenheit feststellen musste, dass dort, wo sich normalerweise die Bar befindet, heute ein herabgelassenes Holztor den Zugang versperrt.

Als draußen, Punkt acht Uhr, die Kirchglocke schlägt, ertönt auch im Foyer der Gong. Die letzten Nachzügler, die sich bis jetzt an ihren Zigaretten festgehalten haben, werfen die Stummel weg und eilen in den Saal, wo hoffentlich die Gattin oder irgendein Bekannter ihnen einen Platz freigehalten hat. Hier und da entstehen kleinere Tumulte, weil es mancher mit der freien Wahl der Sitzgelegenheit allzu genau nehmen und einen Mantel nicht als Platzhalter für einen Nachzügler akzeptieren will. Leise Wortgefechte, verbissene Mienen, bis auf der Bühne das Licht angeht und am langen Tisch die sechs Kandidaten Platz nehmen.

Peter Unnerstahl betritt die Bühne und breitet die Arme aus, als wäre er ein Zirkusdirektor. Dafür hat er bewusst einen dezenten Anzug ausgewählt, Maßanfertigung, eine rote Krawatte, seine Haare sind akkurat zur Seite gescheitelt und sein Bart frisch gestutzt. Man sieht nicht, dass er heute noch bei der Maniküre gewesen ist, und trotzdem wirkt er, als hätte er sich in der Tür geirrt. Von den Kandidaten hinter ihm tragen nur zwei einen Anzug, Maucher und Boneberger, dem sein Jackett ausgebeult über den Schultern hängt, als wäre es eine Fleecedecke.

Unnerstahl lässt den Blick durch den vollbesetzten Raum schweifen: Immer wieder blitzen in der dunklen Menge Glatzen auf und reflektieren das Bühnenlicht. Warum die Leute hier so oft kahl werden, fragt er sich, hoffentlich ist es was Genetisches und hat nichts mit dem Essen zu tun.

Dann nimmt er das Mikrofon in die Hand und beginnt zu sprechen: »Guten Tag, sehr verehrte Damen und Herren«, er geht einen Schritt vor und zurück und dreht sich tänzelnd zum Tisch hin: »Liebe Kandidaten, herzlich willkommen zu Ihrem Barbecue, wir wollen Sie heute nämlich ein wenig grillen.« Er macht eine Pause, zögerlich klatschen ein paar Leute. Man hört ein Räuspern.

Während Unnerstahl durch seine Anmoderation turnt, betrachtet Doktor Hasenrieder missmutig den jungen Maucher, von dem er noch nicht einmal den Vornamen kennt. Markus? Martin? Nein, es ist etwas Exotisches: Marius vielleicht. Oder Manuel. Und obwohl er vorhin aus Eitelkeit seine Brille im Auto liegen gelassen hat, kann er doch sehen, dass Maucher eine gute Figur macht, wie er da locker und unangestrengt, mit jugendlichem Lächeln auf den Lippen, in seinem Stuhl sitzt, selbstsicher um sich blickend, ohne die geringste Überheblichkeit, dafür aber voller Energie und bester Laune. Währenddessen beginnt die Vorstellungsrunde, die Bewerber haben je drei Minuten Zeit, um sich zu präsentieren. Einer der Quotenkandidaten, zitternd vor Aufregung und aschfahl im Gesicht, steht von seinem Platz auf und sieht sich unsicher um.

Unnerstahl, gehässiger als er es eigentlich sein wollte, betrachtet ihn ein wenig und sagt dann: »Lieber Herr Lauschenbach, wollen Sie uns denn schon verlassen oder müssen Sie noch mal auf die Toilette?« Höhnische Lacher dröhnen durch den Saal, Lauschenbach senkt gedemütigt den Kopf und hebt seine Handflächen wie zum Gebet auf Brusthöhe; dann schnauft er vernehmlich. »Setzen Sie sich doch« – Unnerstahl versucht, freundlich zu klingen – »die Tischmikrofone funktionieren ganz vorzüglich.« Und tatsächlich, Lauschenbach setzt sich und kramt in den vor ihm ausgebreiteten Karteikarten, bis er jene gefunden hat, auf die er seinen Lebenslauf gekritzelt hat. Dann spricht er mit leiser und brüchiger Stimme vor sich hin: dass er Beamter sei, Vermessungstechniker, in seiner Freizeit viel lese und während seiner Schulzeit ein Jahr in den USA verbracht habe.

Quallinger lässt sich seufzend in seinen Stuhl zurücksinken und verschränkt die Arme vor der Brust. Den Rest der Veranstaltung wird er mit halbgeschlossenen Augen an sich vorüberziehen lassen, in der Hoffnung, so wenig wie möglich von den Redebeiträgen zu hören, von deren Sinnlosigkeit er bereits seit der Ankündigung der Diskussionsveranstaltung überzeugt ist. Er wird sich in die kleine Berghütte träumen, in der er letzten Spätsommer seine Ferien verbracht hat, tagsüber durch das Hochgebirge wandernd und Gämsen beobachtend, abends bei Brot und Bier der Stille lauschend, bis er müde genug war, um in seine Koje zu fallen und traumlos zu schlafen. Nur einmal hat sich ein Gewitter in den Wipfeln knapp oberhalb der Hütte verfangen, noch heute hat er das markerschütternde Tosen und Brausen in den Knochen, das ihn ganz wirr und schwindelig gemacht hat. Er kam sich vor wie der letzte Mensch auf der Erde, im Auge der Vernichtung, während draußen die Gebirgswände immer wieder von hellen Blitzen erleuchtet wurden, auf die keine Sekunde später ein Donnerschlag folgte, der die Gläser im Küchenschrank tanzen ließ. Er fühlte sich frei wie in einem Windspiel und lachte, immer wenn der Blitz in der Nähe einschlug, aus vollem Hals.

Wie wenig sich Allmacht und Ohnmacht voneinander unterscheiden, denkt er jetzt in seinem Stuhl sitzend und unter halbgeschlossenen Lidern die Karnevalssitzung an sich vorüberziehen lassend, und er erinnert sich daran, wie er dort, auf der Hütte, beschlossen hatte, endlich – wie er es sich bereits seit der Schulzeit erträumte – ein Buch zu schreiben. Seither hat er nicht mehr darüber nachgedacht, ihm fällt schlicht nichts ein, worüber sich zu schreiben lohnte.

Ein Gong ertönt, es ist Pause. Draußen werden Getränke gereicht. Doktor Hasenrieder nimmt sich ein Glas Sekt und geht von Stehtisch zu Stehtisch, dorthin grüßend, dahin seine Hand ausstreckend, er lacht jovial und klopft verschiedene Schultern. Der Boneberger hat sich bis dahin ganz gut geschlagen, auch wenn Maucher mit seinem Charme sympathischer gewirkt haben muss, aber das ficht Doktor Hasenrieder nicht an: Die Freien Wähler haben signalisiert, Boneberger zu unterstützen, damit ist so eine Diskussion vor ein paar Hundert Hanseln ohnehin überflüssig. Das reicht für eine solide Mehrheit, es müsste mit dem Teufel zugehen, wenn sich daran noch etwas dreht.

Als er, die rechte Hand müdegeschüttelt, beim nächsten Gong wieder zurück zu seinem Platz geht, bemerkt er stirnrunzelnd, dass auf jedem Stuhl ein Blatt Papier liegt. Er greift sich im Vorübergehen eines, um es genauer in Augenschein zu nehmen; dort steht, man möge bitte ankreuzen, welcher der Kandidaten »auf Sie persönlich« den besten Eindruck gemacht habe. Und außerdem, wen man am geeignetsten für das Oberbürgermeisteramt halte. Doktor Hasenrieder kratzt sich nachdenklich am Kinn; was hat das denn nur zu bedeuten? Er weiß sich keinen Reim darauf zu machen.

Oberstudienrat a. D. Kessler hat die Arme zu einer Mauer vor seiner Brust verschränkt und wartet vergnügt auf den zweiten Durchgang. Diese ganzen Pfeifen, denkt er, und dann auch noch dieser Milchbubi von Boneberger, der kaum einen Satz zu Ende bekommt, ohne sich zu verhaspeln. Gleich wird man über die A96 zu sprechen haben. Er richtet sich stöhnend auf und fischt in seiner Jackentasche nach Stift und Papier, während Lauschenbach vorne am Tisch Platz nimmt und dabei versehentlich sein Wasserglas umstößt.

Am nächsten Morgen geht Quallinger durch die engen Gassen zum Verlagsgebäude; er hält kurz an jener Bäckerei, die über die Stadtgrenzen hinaus Bekanntheit erlangt hat für ihre vorzüglichen Seelen, und kauft sich eine Butterbrezel. Einige Mütter mit Kinderwagen hasten die Straße entlang, ein paar Schulkinder vertreiben sich vor dem Kaufhaus die Zeit, bis ihr Unterricht beginnt, eine einsame Oma robbt sich am Stock das Kopfsteinpflaster entlang. Der Himmel strahlt postkartenblau, und Quallinger beschließt, einen kleinen Umweg über das Mühlrad zu gehen, das man mit Blumenkästen behängt hat. Ein Stück weiter hinten sieht er ein paar Enten, an die er die Hälfte seiner Brezel verfüttert, bevor er den Weg zu seinem Arbeitsplatz einschlägt.

Als er das Großraumbüro betritt, befinden sich alle Kollegen in heller Aufregung. Lauter nachdenkliche Gesichter haben sich um einen Schreibtisch versammelt und starren in das flackernde Licht eines Bildschirms.

»Mei«, sagt einer der Kollegen und rückt sich die Brille zurecht, »des wird dem Haserieder aber gar it gfalle.«

»Was ischn?« Quallinger öffnet erwartungsvoll die Hände. »Was honder denn do?«

»Des sind die Umfrageergebnisse von dem Diskussionsobend geschdern«, antwortet der Kollege. »Do, gucksch amol, des hot's in sich.«

Quallinger wirft einen kurzen Blick auf das Tortendiagramm, das zur Hälfte rot gefärbt ist, zu etwas über einem Viertel blau und im Rest in verschiedenen Farben gehalten ist.

»Jo, und?«, fragt er verständnislos.

»Des Rote, des isch der Maucher.« Der Kollege schweigt.

»A wa.« Quallinger lässt den Mund offen stehen. »Und des Blaue isch dr Boneberger, oder wie?«

»Jo, genau«, antwortet der Kollege bedächtig. »Do hädsch jetzt it mit grechnet, odr?«

Langsam schüttelt Quallinger den Kopf. Dann beginnt er unwillkürlich, breit zu grinsen. Ein Stück Brezel hängt ihm am Schneidezahn unten rechts, es sieht aus, als hätte er ein schadhaftes Gebiss. Keiner seiner Kollegen macht ihn darauf aufmerksam.

Michael Boneberger sitzt an seinem Schreibtisch und denkt sich nichts. Wie immer in solchen Momenten starrt er auf die Topfpflanze auf dem Schränkchen an der gegenüberliegenden Wand, die verzweifelt ihre braunen Blätter zu Boden hängen lässt. Das Licht fällt durch die verschlierten Fenster und zeichnet ungenaue Muster auf den Teppichboden. Als das Telefon klingelt, schreckt Boneberger auf, richtet sich die Krawatte und hofft, dass es nicht die Manuela ist.

»Michael«, dröhnt Hasenrieders Stimme durch den Hörer, »mach dir mal keine Sorgen, die Sauerei kriegen wir schon wieder gerade.«

Boneberger reibt sich mit Daumen und Zeigefinger bedächtig seine beiden Augenbrauen. Er wüsste zu gern, welche Sauerei Hasenrieder ausmerzen zu müssen glaubt, sicherlich jedenfalls nicht eine, die der Oberbürgermeister selbst angestellt hat.

»Ja«, sagt er auf Verdacht, »das ist nicht besonders gut.«

»Mach dir mal keine Sorgen«, Hasenrieders Stimme klingt dunkler als sonst, es hallt auch ein bisschen durch den Hörer, vielleicht sitzt er gerade auf dem Topf und schielt sich ein Loch in den Kopf. »Ich kenn da noch einen Redakteur bei denen, der schuldet mir noch einen Gefallen. Ich werde auf ein Interview bestehen, dann wird der Unnerstahl schon sehen, was er von seinen Unverschämtheiten hat.«

»Ach«, sagt Boneberger, »ja, gut.«

Vor ihm liegt die aktuelle Zeitung, akkurat zusammengefaltet, wie er sie heute morgen auf seinen Tisch drapiert hat. Er raschelt sich so leise wie möglich auf die Lokalseiten durch, da sieht er es: eine fast halbseitige Grafik, die die Umfrage unter den Zuschauern illustriert, wen sie sich besser als Oberbürgermeister vorstellen können, mit ihm bei 24 Prozent, während Maucher bei 48 steht.

Er zuckt kurz die Achseln, da fällt sein Blick auf die linke Spalte, wo seine Performance bewertet wird; ein gewisser Quallinger schreibt, dass sein Wahlversprechen, im Falle eines Einzugs ins Rathaus seine Frau zu ehelichen, ein Politikerstatement auf RTL-Explosiv-Niveau sei. Unwillkürlich schüttelt er kurz den Kopf; die Erschütterung lässt seine Stirnhaare sekundenlang nachbeben. Er nimmt sich einen Notizzettel und schreibt mit zitternder Hand »Ring kaufen« darauf, während ein Blatt von der Zimmerpflanze lautlos zu Boden sinkt.

Quallinger sitzt, wie immer nach Feierabend, auf der Terrasse des Marktplatzcafés und trinkt einen Bananenweizen. Oft hat er nach Feierabend noch einen Termin – eine Vereinsversammlung oder eine kleine kulturelle Veranstaltung, von der er berichten soll –, aber heute ist er ohne weitere Verpflichtung. Er könnte, denkt er, ins Kino gehen oder in das Irish Pub eine Querstraße weiter, wo sie ein Spiel der

Bayern zeigen, Champions-League-Halbfinale. In der Viertelstunde, die er jetzt hier sitzt, hat er bereits zwei in das Rot der Münchner gekleidete junge Männer über das Kopfsteinpflaster hasten sehen, den Blick vor lauter Aufregung stier zu Boden gerichtet, auf dem Weg zu ihren Freunden oder Bekannten, mit denen sie später den Einzug ins Endspiel zu feiern hoffen. Er weiß, dass er, wenn er noch einen Platz in der Bar ergattern wollte, sich sputen müsste – stattdessen streckt er behaglich die Beine aus und betrachtet die Szenerie.

Obwohl die Geschäfte ringsumher seit anderthalb Stunden geschlossen haben, sind viele Menschen unterwegs. Einige nutzen das schöne Wetter, um bei einem Abendspaziergang noch ein Eis zu essen; andere, junge Paare zumeist, denen man ansieht, dass es hier im Umkreis von 50 Kilometern keine H&M-Filiale gibt, sitzen zusammen und blinzeln in die untergehende Sonne. Am Nebentisch hat sich eine Gruppe junger Schüler versammelt, die sich Bier trinkend über einen Lehrer beschweren, weil jener sich bei der Korrektur der Klassenarbeiten immer so viel Zeit lasse; gerade kommt die Kellnerin an ihren Tisch, die schwarzen Haare zu einem Pferdeschwanz gebunden, die Schultern nach vorne gebogen, das Kreuz leicht zum Buckel gekrümmt, wie ein Boxer nach dem Training; viele Frauen, besonders die attraktiven, gehen hier so.

Gemächlich hebt Quallinger die Hand, er will noch einen Bananenweizen trinken, bevor er sich entschließt, was an diesem Abend noch zu passieren habe, da öffnet sich die Rathaustür an der Stirnseite des Platzes.

Den Kopf hochrot, den Blick wie ein Betrunkener immer knapp vor seine Füße gerichtet, nur hin und wieder aufschauend, ob die grobe Richtung noch stimmt, stürmt Doktor Hasenrieder Richtung Caféterrasse. Quallinger, bisher in seinem Stuhl versunken, die Beine derart übereinandergeschlagen, dass seine linke Fußspitze sich auf einer Ebene mit seiner Nase befand, richtet sich auf – was will denn der alte Hasenrieder, fragt er sich, als jener, prustend vor Erregung, vor Quallingers Tisch zu stehen kommt.

»Mensch, Quallinger!« Doktor Hasenrieder versucht, gleichzeitig unwirsch und jovial zu klingen. »Gut, dass ich dich treffe!«

Hoppla, denkt sich Quallinger, so aufgeregt hab ich den Alten ja schon lang nicht mehr gesehen. Womit er recht hat. Das letzte Mal derart in Rage befand sich Doktor Hasenrieder an jenem Morgen, an dem sie sich zufällig am großen Brunnen unten beim Milchpilz vor der Turnhalle getroffen hatten, und Doktor Hasenrieder mit Entsetzen feststellen musste, dass irgendwer in der vergangenen Sommernacht ins Becken gekackt hatte. Der Missetäter wurde trotz großer Anstrengung nicht gefunden.

»Setzen Sie sich doch.« Quallinger dreht einen Stuhl einladend Richtung Hasenrieder, der, die Hände ineinander verknotet, nach einem Gesprächsanfang sucht.

Hasenrieder nickt und lässt sich nieder, schnauft dreimal und sieht sich nach der Kellnerin um, die zwei Tische weiter mit einem älteren Herrn scherzt. »Bedienung!«, schreit er, hebt die rechte Hand und schnipst zweimal. »An Trollinger, bittschön.« Dann wendet er sich wieder Quallinger zu. Sein Lächeln ist ein Zähneblecken, und er versucht bemüht freundlich in das Gespräch zu kommen.

»Schön heute, was?«

Quallinger nickt und nimmt einen tiefen Schluck.

»Was gibt es denn?«

»Ja, also …« Doktor Hasenrieder besieht sich zuerst seine Fingerspitzen, dann die Nase vom Quallinger, auf der sich sanft eine beginnende Couperose abzeichnet.

»Willst noch was trinken?«, fragt Hasenrieder, einer spontanen Eingebung folgend.

Quallinger schüttelt langsam den Kopf.

»Na, also«, seufzt Hasenrieder. »Du, was ich fragen wollt: Das mit der Umfrage, war das dem Unnerstahl seine Idee?«

Quallinger, der geahnt hat, dass aus dieser Richtung der Wind weht, nickt. »Hat dir nicht gefallen, das Ergebnis, was?«, fragt er und faltet behaglich seine Hände vor dem Bauch.

Doktor Hasenrieder kratzt sich nachdenklich den Haaransatz.

»Ist aber schon 'ne Sauerei, so ganz ohne Vorankündigung so ein Ding abzuziehen.« Fragend sieht er auf. »Ich meine, das ist doch kein Journalismus mehr, das ist doch Propaganda!«

Quallinger zuckt mit den Schultern, und als er sieht, dass Doktor Hasenrieder auf eine weitere Reaktion lauert, setzt er gleichmütig hinzu:

»Mei.«

»Du bist doch«, hebt Hasenrieder an, »ein verständiger Mann, willst du nicht was für die Ausgeglichenheit der Berichterstattung tun?«

Quallinger schlägt demonstrativ ein Bein übers andere.

»An was hast du denn gedacht?«

»Nicht viel.« Hasenrieder atmet kurz und vernehmlich aus. »Vielleicht ein Interview, damit die Gegenseite auch zu Bewusstsein kommt.«

»Und wer soll da dann interviewt werden?«

Ganz überrascht setzt sich Hasenrieder kerzengerade auf. Was für eine Frage! Als läge das nicht klar auf der Hand.

»Na, ich!«, sagt er, ein bisschen zu laut.

Quallinger nickt. »Ich überleg's mir«, antwortet er, woraufhin Hasenrieder, der nicht so schnell mit einer positiven Reaktion gerechnet hat, erfreut die Zähne bleckt. Allerdings weiß er jetzt nichts mehr zu sagen, und weil auch Quallinger nicht mehr zu sprechen anhebt, nimmt er nach zwei Minuten Schweigen sein Portemonnaie zur Hand und wirft zehn Euro auf den Tisch. »Zahlst für mich mit, gell? Ich muss jetzt zur Sitzung.«

Quallinger nickt, Doktor Hasenrieder erhebt sich würdevoll und begibt sich nach einem dahingesagten »Also, mach's gut, gell« zurück zum Rathaus. Kaum ist er in der Mitte des Marktplatzes angekommen, brandet vom Irish Pub her leiser Jubel auf.

Oberstudienrat a. D. Kessler spürt Empörung in sich aufkochen, langsam erst, dann immer deutlicher. Er sitzt an seinem Arbeitstisch in der Flurnische, die beigefarbene Tapete neben sich mit Artikeln und Notizzetteln überklebt, seine Beine zittern sich in den dichten roten Läufer hinein, den noch seine Frau ausgelegt hat. Vor ihm liegt, sorgfältig ausgebreitet, die Kanten glattgezogen, eine sauber abgetrennte Seite aus dem Schwäbischen Boten, in dessen Mitte das lächelnde Gesicht von Doktor Hasenrieder prangt.

Oberstudienrat a. D. Kessler wünscht sich jetzt einen politisch interessierten Freund, den er anrufen könnte, um ihm zu sagen, für was für eine Unverschämtheit er es hält, dem Amtsinhaber eine ganze Seite einzuräumen, damit der seine Leistungen besingen kann. Und dann der Absatz über die Wahlveranstaltung! »Solche Umfragen«, steht da schwarz auf weiß »sind doch die Amerikanisierung der deutschen Demokratie! Da geht es nur noch um Unterhaltung, aber wir hier wollen Substanz. Ein Nordrhein-Westfale wie der Herr Unnerstahl aber ist mit den Feinheiten und Eigenarten einer oberschwäbischen Oberbürgermeisterwahl nicht vertraut.«

Mit zu Krähenfüßen verengten Augen öffnet Oberstudienrat a. D. Kessler sein Browserfenster und loggt sich in sein Blog ein. Hochgefühl erfüllt ihn, das wird mit Sicherheit sein bester Artikel werden; mit seinen beiden Zeigefingern, die Nase immer über f und j kreisend, tippt er so fest er kann auf seiner scheppernden Tastatur.

Eine Stunde später drückt er den Publish-Knopf und liest sich, einen frischgebrühten Kaffee in der Hand, in aller Ruhe noch mal durch, was er zuvor geschrieben hat. An der Stelle, an der er Doktor Hasenrieder einen »alternden Despoten mit dem Demokratieverständnis eines Kolonialherren« nennt, schmunzelt er. Er hat das Bedürfnis, sich zärtlich ins Gesicht zu fassen, weil er den Boneberger durchgehend nur als »das Bürschchen« tituliert.

Michael Boneberger läuft durch den Wald und kickt einen Tannenzapfen ins Unterholz. Was für eine Schnapsidee, diese Abmahnung! Was hat den Hasenrieder bloß geritten!

Dieser grauenhafte Unfug, so einem Internetfuzzi eine strafbewehrte Unterlassungserklärung zuzusenden, bloß weil der ein bisschen in sein Blog kotzt.

Wie viele Leute hätten das gelesen? Vielleicht fünfzig, hundert? Das hätte niemanden interessiert, aber nein, statt diesen albernen Artikel einfach auf sich beruhen zu lassen, hetzt der dem gleich den Justizapparat auf den Hals. Und plötzlich wurde das eine große Schlagzeile: Oberbürgermeister vergeht sich an kritischem Berichterstatter! Sogar das Fernsehen war da, gut, nur der NDR, aber trotzdem.

Michael Boneberger zückt sein Handy – kein Empfang. Er sieht sich um, der Wald liegt friedlich da, die umgestürzten Bäume vom letzten Herbststurm hat man kleingesägt und abtransportiert. Kaum ein Vogel ist zu hören, nur ein bisschen Wind. Dort, weiter hinten, zu den Feldern hin, steht ein morscher Hochsitz. Boneberger schlägt sich durchs Unterholz und steigt hinauf. Zwei Balken, das könnte ausreichen. Er wählt die Nummer der Boten-Redaktion und versucht, es sich so bequem wie möglich zu machen.

»Ja, guten Tag, hier ist Michael Boneberger, könnte ich den Hans Quallinger mal sprechen? Ja, der hat um Rückruf gebeten, ja, natürlich warte ich.«

Während »Die kleine Nachtmusik« durchs Telefon dudelt, lässt Boneberger den Blick schweifen; weit hinten sieht er die Stadt mit ihren fünf Kirchtürmen, die Häuser zu einer weißen Masse verschwommen. Davor liegen die frisch gedüngten Felder, hin und wieder ein brauner Geräteschuppen, ein Gehöft, ein paar Kühe grasen auf einer Weide, in der Nähe hört er das Brummen eines Traktors, der Heu wendet. Er atmet ein, viel zu tief, sofort beginnen seine Schleimhäute zu jucken; diese verdammte Gräserallergie, denkt er. Da klickt es in der Leitung.

»Quallinger?«

Der klingt auch immer wie ein verzauberter Prinz, denkt Boneberger und sagt dann: »Ja, Boneberger hier, Sie hatten um Rückruf gebeten.«

»Ja, Sie können sich ja denken, worum es geht.« Kurzes Schweigen. »Um die Hasenriedersche Abmahnung, Sie wissen schon. Dazu hätte ich gerne eine Stellungnahme von Ihnen.«

»Ach, das …«, sagt Boneberger möglichst unbeeindruckt. »Das ist Doktor Hasenrieders persönliche Entscheidung gewesen. Das hat mit dem Rathaus eigentlich nichts zu tun.«

Quallinger stutzt kurz. »Wie bitte? Die Abmahnung war nicht mit Ihnen abgesprochen?«

»Ich hätte diese Abmahnung, wenn ich von ihr Kenntnis gehabt hätte, auf jeden Fall zu verhindern versucht. Die Pressefreiheit ist ein hohes Gut, daran vergreift man sich nicht so einfach wegen ein paar, nun ja, unpassender Bezeichnungen.«

»Ach«, sagt Quallinger, »wissen Sie, was der Doktor Hasenrieder mir gesagt hat? Dass dieser Mangel an Respekt gegenüber Leuten, die ihr Leben in den Dienst der Stadt gestellt haben, auf jeden Fall bestraft gehört.«

»Herr Doktor Hasenrieder und ich, wir sind nicht in allen Dingen einer Meinung. Ich zum Beispiel habe nicht vor, in jedem Jahr meiner Amtszeit einen Brunnen zu bauen.«

»Super Schlagzeile«, murmelt Quallinger, und etwas lauter: »Darf ich Sie so zitieren?«

»Ja, natürlich, warum nicht.« Boneberger lehnt sich kurz zurück, bis ihn das Knarzen des Holzes wieder in die Gegenwart holt.

»Ja, was soll's«, denkt er. »Reißt er mir halt den Kopf ab.«

Vier Wochen später gewinnt Michael Boneberger die Wahl im ersten Wahlgang mit 53 Prozent der Stimmen, vier Monate später geben sich er und seine Frau in einer großen Zeremonie in der örtlichen Kirche das Jawort. Doktor Hasenrieder sitzt während der Trauung in der ersten Reihe neben der bonebergerschen Sippschaft.

Es wird sein letzter öffentlicher Auftritt sein. Den Rest seines Lebens wird er in seinem Garten verbringen, den er liebevoll pflegt, und nur noch einmal ernsthaft verstimmt sein, weil ihm seine Frau angesichts der Kinder in der Nachbarschaft untersagt, einen Teich anzulegen. Oberstudienrat a. D. Kessler genießt für einige Zeit die große Aufmerksamkeit, die dem Fernsehbericht folgt, und verfasst ein paar allgemein gehaltene politische Artikel, die er mit seinen Kommentatoren zunächst leidenschaftlich, später immer routinierter diskutiert; nach kaum einem Jahr verliert er dann nach und nach die Lust; auf seinen Abschiedstext hin teilen drei Leser ihr Bedauern mit, eine mit Klarnamen. Quallinger wird kurze Zeit später Korrespondent für einen Kriegsverbrecherprozess in Stuttgart, den er ausführlich begleitet; so gut, dass ihn nach der Verhandlung ein Angebot einer überregionalen Tageszeitung erreicht, Teil des Hauptstadtbüros zu werden. Nach langen Überlegungen lehnt er ab und kauft sich stattdessen ein Boot. Peter Unnerstahl ist zu diesem Zeitpunkt nicht mehr im Amt. Nachdem er einen kirchenkritischen Redakteur freistellte, weil der innerhalb zweier Monate fünf Gegendarstellungen provoziert hatte, bildeten sich Lichterketten vor dem Verlagsgebäude, Dutzende Protestaktionen in mehreren Dörfern forderten Unnerstahls Demission. Nach einigen Wochen und einem weiteren dramatischen Einbruch bei den Kleinanzeigen lässt Unnerstahl sich in die Geschäftsleitung versetzen, wo er viel Kaffee trinkt.

FAST KEINE WÄNDE

Das Haus liegt am Ende des Dorfes, dahinter Wiesen, irgendwo Wald. Die Gerüste stehen, die Garage muss gestrichen und der Putz aufgetragen werden. Die Eingangstreppe ist aus Beton, das Treppengeländer aus Holzlatten. Da könnte mal eine kleine Terrasse stehen, vielleicht verglast, je nachdem. Sie haben sich noch nicht entschieden.

»Siehst du, es ist gar nicht so weit«, sagt Katja. Er sieht auf die Uhr, fast halb zwölf, eine dreiviertel Stunde sind sie gefahren. Doch, das ist weit. Aber das macht wahrscheinlich nichts. Das will er ja auch. Lorenz hüstelt, er ist sich nicht ganz so sicher, aber das geht ihm häufig so. Katja hat die Praxis, aber er? Ob er noch genug Aufträge bekommt, wenn er sich jetzt nicht für zwei Jahre irgendwo eine Festanstellung sucht? Ob er da draußen irgendwas zu tun findet, ob er in diesem Dorf nicht eingeht vor lauter Einsamkeit?

Die Stadt ist ihnen mit den Jahren zu anstrengend geworden, es ist auch an der Zeit. In vier Wochen wollen sie umziehen. Er wird sich wohl einen Hund kaufen.

Sie hatten ja oft darüber gesprochen. Sie hatten es sich oft ausgemalt: ein eigenes Haus, mit lauter Fenstern und fast keinen Wänden! Gelb gestrichen, mit einem Kräuterbeet, und Brombeeren! Als Katja dann sagte, es sei so weit, in irgendeinem Dorf in irgendeiner Straße werde ein Haus zwangsversteigert, halbfertig und spottbillig, da fiel ihm zum ersten Mal auf, dass es dieses Land außerhalb der Stadt tatsächlich gab; dass sie sich das gar nicht ausgedacht hatten. Er war noch völlig in dieser Verwunderung gefangen gewesen, als Katja mit ihm hierhergekommen war, um sich einen ersten Eindruck zu verschaffen: Sie waren aus der Stadt hinausgefahren, immer breiter wurden die Straßen, immer seltener die Menschen, die Häuser wurden größer und größer, dann gar keine Häuser mehr, nur noch flaches Land. Sie verirrten sich in Nebenstraßen, am Ende stand ein Ortsschild, dahinter Rasenmäherlärm.

Das Dorf ist ganz klein, lauter zweistöckige Häuser mit Gärten ringsherum, alte, neue, zerfallene und renovierte, schwarze Dächer, rote, braune, Fassaden in jeder Farbe: ein architektonischer Gemischtwarenladen. Mittendrin steht unmotiviert eine Villa und auf dem Kreisverkehr ein Stein, für 1871. Hier passt überhaupt nichts zueinander, ihm gefällt das. Wo nichts zusammenpasst, denkt er, passt jeder rein. Auch ich.

Auf dem Bau wird die Dämmung unter dem Dach eingesetzt, im Bad unten werden die Wandfliesen verlegt. Vielleicht bauen wir bald noch den Dachstuhl aus, denkt er; sie denkt an den Garten. Einen Garten hatte sie noch nie, sie ist ein Stadtkind, sie stellt sich das schön vor: am Wochenende mit den Händen in der Erde wühlen, und am Ende gibt's Tomaten. Einfach so. Sie lächelt, er fragt warum. Sie sagt nichts weiter, das ist eine gute Entscheidung, denn sonst hätte er ihr gesagt, dass der Boden zu lehmig sei für Tomaten, und sie wäre enttäuscht gewesen. Später hätte er im Internet nachgesehen und gemerkt, dass Lehmböden Tomaten gut bekommen, er hätte drei Tage gebraucht, um es ihr zu sagen, und sich ein bisschen geschämt.

Herr Spangler kommt aus dem Haus. Das ist der Vorarbeiter, die anderen Handwerker nennen ihn »Capo«. »Frau Doktor!«, ruft er grinsend und gibt ihr die Hand. Lorenz steht daneben, er hat die Hand schon aus der Tasche und dem Spangler halb hingestreckt, aber die beiden reden bereits über die Fortschritte. Gut, dann steckt er die Hand eben wieder ein. »Darf ich vorstellen«, sagt Katja, »mein Freund.« Der Spangler mustert ihn, sie geben sich die Hand, jetzt also doch, der Spangler drückt zu, als müsste er ihm das Wasser abdrehen. Lorenz lächelt, unsicher, es ist dieses freundliche, aber zurückhaltende, wohlerzogene Lächeln, das ältere Frauen manchmal denken lässt, wie das wohl wäre, wenn sie jetzt noch jung wären; bei Männern aber verfängt dieses Lächeln nie. Spangler nickt bloß langsam, jetzt lässt er ab, während er ihm immer noch in die Augen sieht. Lorenz geht erst sehr viel später auf, dass in diesem Moment eine Schlacht stattgefunden hat.

Katja geht derweil schon mal vor ins Haus, die roten Haare hinter sich werfend; der Spangler dreht sich um, um sie nickend zu begutachten, ja, ja, doch, doch, kommt hin. Lorenz steht daneben und reibt sich ein wenig die Finger.

Er sieht sich die Baustelle an, überall liegt die Fiberglasdämmung. Oben im Gestühl turnen die Bauarbeiter herum und setzen die gelben Stücke ein, Rigipsplatte drüber, ein paar Schrauben, fertig. Er grüßt, Gemurmel antwortet ihm. »Das ist von der Frau Doktor der …«, sagt Spangler, »Freund.« Da heben sie dann doch die Hand und nicken. Wie lang sie wohl noch brauchen werden, fragt er den Spangler, der sagt: »Ja, gut, noch die Fugen verspachteln, morgen sind wir durch, dann kommt da die Verkleidung drauf, da brauchen wir noch …« Der Spangler schaut aus dem Fenster und verstummt. Lorenz schaut ihm erst ins Gesicht, der Mund ist leicht geöffnet, und die Augen sind zusammengekniffen, als wäre der Spangler kurzsichtig und wolle das da draußen aber ganz genau sehen. Dann schaut auch er zum Fenster hinaus, da kniet Katja und beugt sich nach vorne, um ein bisschen Unkraut aus den neu angelegten Beeten zu rupfen, ihren Arsch nach oben gestreckt wie ein Pavian, das macht sie immer so, selbst wenn sie nur die Spülmaschine ausräumt, sie legt auf Eleganz keinen Wert. Er wartet kurz, um noch mal höflich nachzufragen. Spangler räuspert sich. »Drei Tage, sag' ich mal.«

Auf der Heimfahrt pfeift Katja hinter dem Lenkrad, sie freut sich auf die Tomaten. Und den Wein, roten natürlich. Schade, dass das Haus keinen Kamin hat, denkt sie, vielleicht bauen wir uns den noch ein. Er sitzt daneben und sieht aus dem Fenster, er braucht Zeit, um sich klar zu werden, was er da draußen mit sich anstellen könnte, und ihm geht plötzlich auf: Das könnten auch Jahre werden. Katja fragt, ob alles okée sei. Okée. »Ja, ja«, sagt er, »ich bin nur müde.« Draußen fährt das Land vorbei, Dämmerung zieht auf. Die Straße windet sich, ihr stehen Häuser im Weg, zehn Minuten lang kommt ihnen kein Auto entgegen.

Sie halten an einer Tankstelle, Katja steigt aus, er bleibt auf dem Beifahrersitz sitzen. Durch die Fenster leuchten ihm die Kühlkästen entgegen, da bekommt er Lust auf eine Cola. Er sieht in seinem Geldbeutel nach, keine Münzen, keine Scheine. Katja verschwindet im Shop. Soll er ihr hinterhergehen und sie fragen, ob er eine Cola bekommt? Wenn er daran gedacht hätte, während sie tankte, hätte er es ihr hinterherrufen können. Bring mir mal eine Cola mit, hätte er gerufen, bitte. Aber so, er weiß schon, wie sie ihn ansehen wird. Sie, Katja. Sie kann sich das nämlich nicht vorstellen, dass jemand kein Geld hat, allein in ihrer Parkmünzenablage liegen gut dreißig Euro. Vier Jahre sind sie schon zusammen, und sie ist immer noch jedes Mal überrascht, wenn er pleite ist. Sie weiß zwar, dass es das gibt, Leute ohne Geld, aber sie hatte immer welches, und deswegen fragt sie in solchen Momenten: »Bist du pleite?« Und obwohl sie nie »etwa« oder »schon wieder« sagt, hört er es jedes Mal dazu. Und dann wird er nicken müssen und lächeln, und am Ende wird ihm die Cola nicht schmecken.

Er weiß auch, dass sie sich Mühe gibt, dass sie es nicht böse meint. Ihre Frage kommt aus einem tatsächlichen Erstaunen heraus, sie hat diese Selbstgewissheit verwöhnter Einzelkinder: kaum vorstellbar, dass die Welt anders ist, als es ihr gerade geht. Mag sie einen Film, fällt es ihr schwer anzuerkennen, dass er schlecht sein könnte. Wenn er an einem Filmabend sagen wird: »›Breaking Bad‹ ist scheiße erzählt«, wird sie ihn von der Seite ansehen und antworten: »Jetzt tu mal nicht so apodiktisch, bloß weil dir das nicht gefällt.« Und dann reden sie nicht weiter darüber. Dabei würde er gern darüber reden. Aber unbestritten: Es führt halt auch zu nichts.

Der Himmel ist schwarz geworden, als sie zu Hause ankommen. Katja ist zum Summen übergegangen, sie kann das nicht. Sie trifft keinen Ton, sie ist völlig unmusikalisch. Wenn man Pfandflaschen in einen Container schmeißt, klingt das melodischer, denkt er und merkt, wie er sich ärgert; früher hat er oft gepfiffen, wenn er fröhlich war, aber das hasst sie ja, denkt er bitter, wie oft hat sie ihn gebeten, nicht mehr zu pfeifen, und jetzt pfeift er nicht mehr, er, der jeden Ton getroffen hat, immer.

»Wollen wir uns noch ein neues Bett aussuchen?«, fragt sie, das alte findet sie zu schmal. Sie schläft nicht mehr gut, seit sie zu zweit sind, sie wird oft wach, weil er sich so oft bewegt, wenn er träumt. Zwei Meter breit soll das neue sein, zwei Matratzen, damit sie die Erschütterungen nicht mehr spürt, wenn er sich nachts wälzt. Das will sie dann zum Einzug bestellen. Als sie sich kennenlernten, denkt er, hat er auf einer Matratze am Boden geschlafen. Und jetzt kommt ein neues Bett ins Haus, in ein neues Haus, in ihr Haus, wo er auch mit einziehen wird. »Mehr als anderthalbtausend Euro darf es nicht kosten«, hat sie gesagt, davon lebe ich zwei Monate, denkt er, wenn's sein muss sogar drei.

Katja ist in der Küche, sie ist dran mit Kochen. Sie wirft ein Baguette in den Ofen, es gibt noch zwei Scheiben Schinken. Er hätte gern was Vernünftiges gegessen, Nudeln, Gemüse, Fleisch, sagt aber nichts. Er will kein Bett aussuchen, sagt aber nichts. Er weiß noch nicht einmal genau, ob er in dieses Haus ans Ende der Welt ziehen will, sagt aber nichts. Stattdessen holt er sich ein Bier vom Balkon, das ist das beste Mittel gegen die Scham, die in ihm aufsteigt. Wenn er zwei davon trinkt, fühlt er sich zwar immer noch bedrückt, weiß aber immerhin nicht mehr, ob er sich selbst oder ihr dafür die Schuld geben will.

Am liebsten würde er sich jetzt runtersetzen in die Bar und noch mehr Bier trinken. Aber er ist pleite. Der Urlaub neulich hat ihn tief ins Minus gerissen. Dabei hat Katja alles bezahlt, Flug, Ferienhaus, den Mietwagen. Doch dann hat er sie die Woche über abends dreimal zum Essen eingeladen, um auch irgendwas beizusteuern; er hat gar nicht darüber nachgedacht, dass ihm das Geld ausgehen könnte; Sonne, Strand, das Geld liegt in der Brieftasche, und die Bankautomaten zeigen nicht an, ob man im Plus ist. Und als sie wieder zu Hause waren, gab der Automat nichts mehr her. Seit vier Tagen hat er nicht mehr geraucht, Katja hat er nichts gesagt. Sie hätte ihm bestimmt Geld gegeben, sie ist da nicht so, sie hat ein großes Herz. Sie sagt auch immer wieder, dass es nicht ihr Geld sei, sondern ihrer beider Geld, dass es also auch ihm gehöre, genauso wie ihm das Haus auch gehöre. Es sei schließlich ihr Leben, ihrer beider Leben. Er würde sehr gern noch mal darüber reden, aber sie hat schon recht: Das führt zu nichts.

Er sieht auf die Straße. Wie lange wohnen sie schon gemeinsam in dieser Wohnung? Sie sind schnell zusammengezogen, nach kaum einem Jahr, zu ihr. All diese Möbel hier, davon hat er gekauft: einen Schrank, einen Stuhl. Alles, was er besessen hat, bevor sie zusammenzogen, haben sie rausgeschmissen: den Schreibtisch, das zusammengezimmerte Bücherregal, die durchgelegene Couch und die Matratze. Er wollte das ein oder andere verschenken, sie meinte allerdings, das könne man niemandem mehr andienen. Manchmal sagt sie solche Worte, die überhaupt nicht in die Sätze hineinpassen, vor allem nicht in ihre. »Das kann man niemandem mehr andienen.« Also alles auf den Sperrmüll.

»Kommst du?«, ruft Katja, natürlich kommt er. Er beißt sich zwar kurz auf die Unterlippe, kommen wird er trotzdem. Er wird sich das Bett ansehen, sie wird irgendwas aus Holz haben wollen, in diesem neuerdings modernen Postbauernhaus-Stil. Und er wird sich überlegen, wie er das Bußgeld für seine letzte Schwarzfahrt zusammenbekommen soll; und am Ende wird sie ihn fragen, warum er so unbeteiligt ist, und er wird den Kopf schütteln, sie wird sehr tief einatmen, und dann werden sie einschlafen.

Am nächsten Tag ist Katja in der Praxis, am Abend bei Freunden. Er hat viel Zeit, er könnte ein paar Bewerbungen schreiben, sonst wird das ewig so weitergehen. Das hat er die letzten Tage auch schon gemacht. Jetzt sieht er den Laptop an und will ihn in die Mikrowelle stecken, aufdrehen,

Türe zu, Kaffee trinken und warten, bis das ganze Plastik zu einem riesigen Klumpen zusammengeschmolzen ist. Dann mit beiden Händen reinfassen.

Auf der Mikrowelle liegt ein Umschlag, das Geld für die Putzfrau, die einmal die Woche kommt. Für einen ganzen Monat, 96 Euro. Auf dem Umschlag liegt ein Zettel, und auf diesem Zettel steht: »Das ist das Geld für die Putzfrau, genau 96 Euro, kannst du ihr das bitte geben?« Wie jedes Mal. Jedes Mal schreibt Katja diesen Zettel, jedes Mal schreibt sie den genauen Betrag mit drauf, jedes Mal fragt sie, ob er das Geld der Putzfrau geben könne, jeden Monat seit drei Jahren, und nie lagen hundert Euro in dem Umschlag, immer vier Zwanziger, ein Zehner, ein Fünfer, ein Eurostück. Immer. Zum Mäusetotschlagen. Er sieht zum Fenster hinaus, um sich hinterher einreden zu können, er habe gezögert. Der Himmel ist strahlend blau, er nimmt das Geld und geht zur Tür hinaus. Draußen kauft er sich Zigaretten.

Über der Stadt liegt eine schwüle Hitze, die Menschen laufen seltsam breitbeinig durch die Gegend. Sie mustern einander, wie immer im Frühsommer, es ist die Jahreszeit der aggressiven Freundlichkeit, diese Mischung aus Aufmerksamkeit der Umwelt gegenüber und dem Bedürfnis, selbst wahrgenommen zu werden. Sie stellen einem Fragen und werden ungeduldig, wenn man länger als drei Sätze braucht, um zu antworten, denkt er, als ihn der Blick einer jungen Frau trifft. Er mustert sie kurz (Anfang 20, Top, Rock, Clogs, Sonnenbrille), sie sieht immer noch zu ihm hin. Er lächelt. Sie zögert, zieht dann genervt die Augenbrauen nach oben und sieht in eine andere Richtung. Er lächelt weiter, als hätte es nicht ihr gegolten: Als ihm aufgeht, dass sie sein Lächeln nicht mehr bemerken wird, dreht er nach links ab.

Das hier ist sein Viertel. Hier wohnt er schon, seit er in die Stadt gekommen ist, vor sieben Jahren. Er hat die meisten Bars schon vor ihrer Eröffnung gesehen. Als er hier ankam, gab es nichts als Dönerbuden, Apotheken und Bestattungsinstitute. Nach dem ersten Schawarma begann er, Zusammenhänge zu sehen. Er zog in eine WG, in der jeder Raum in einer anderen Farbe gestrichen war, sechs Zimmer, selbst das Klo war angemalt; in grün. Heute kommt ihm das wie vor Jahrzehnten vor. Was wohl die alten Mitbewohner machen? Der Peter? Die Lisa?

Am S-Bahnhof angekommen, stellt er fest, dass in zwanzig Minuten eine Bahn in jenes Dorf fährt, das demnächst seines sein soll. Warum eigentlich nicht, sagt er halblaut, löst einen Fahrschein und kauft sich zwei Bier.

Draußen zieht die Stadt vorbei, die hässlich ist. Das tröstet ihn. Trotzdem wird er unruhig, als er bemerkt, dass die Gärten immer größer werden, die Straßen immer breiter, immer mehr Platz zwischen den Häusern.

Er hat, als sie sich kennen lernten, nicht damit gerechnet, dass Katja jene Frau sein würde, mit der er einmal diese Stadt verlassen könne. Er dachte anfangs, Katja sei eine Episode, und war sich sicher, dass da noch andere kommen würden, bald schon. Das war vor vier Jahren.

Es war nichts Besonderes. Sie haben sich auf einer Party gemeinsamer Freunde getroffen, haben getrunken, gelacht, und irgendwann hat sie seine Hand auf ihre Brust gelegt. Er hat sie wieder weggezogen, aber es hat ihm doch gefallen: diese Selbstverständlichkeit, mit der sie ihn sich einfach genommen hat. So ist Katja, denkt er. Sie hat eine Praxis mit drei männlichen Kollegen, aber ihr Name steht draußen auf dem Schild. Er dachte damals, das sei mal was anderes, mit einer Frau zu schlafen, die ihn wollte, und nicht andersrum. Sie gingen zu ihr, wie immer, denkt er.

Er war sich nach der ersten Nacht sicher gewesen, dass man es bei dem einen Mal belassen werde, doch dann hatte sie ihn drei Tage später angerufen, um mit ihm essen zu gehen. Er hatte bis dahin vor allem mit Studenten zu tun gehabt – oder solchen, die verzweifelt versuchten, keine mehr zu sein. Sie erzählte Geschichten aus einem anderen Leben, in dem Steuern eine Rolle spielten und der morgendliche Weg zur Arbeit. Aber auch: der Golfurlaub in der Türkei, die Altersvorsorge, die Besetzung eines Stationsarztpostens in der Neurologie. Und ihre Freunde, das kannte er bisher nur aus dem Fernsehen: Einer, Anwalt, fuhr gern Autorennen. Ein anderer, Börsenmakler, hatte ein Boot. Sie überlegte, sich einen Flatscreen in ihr Badezimmer einbauen zu lassen, um aus der Wanne heraus abends ihre Serien gucken zu können.

Es dauerte vier Wochen, bis er feststellte, wie alt sie war. Achtunddreißig. Zehn Jahre älter als er. Er ist manchmal gefragt worden, selbst von Katja, ob ihm das nichts ausmache, und er hat darauf immer geantwortet, dass es ihm egal sei, dass das nicht von Bedeutung sei. Manchmal aber, wenn er sich genau zu erinnern versucht, weiß er es wieder. Es war ihm nicht egal. Nein: Er war geschmeichelt.

Je weiter die S-Bahn fährt, desto deutscher wird sie. Seit Langem schon keine anderen Sprachen mehr, Araber und Türken sind weit vor der Stadtgrenze ausgestiegen; könnte sein, dass der Handwerker hinten rechts Pole ist, und wenn schon, das ist am Ende ja auch bloß Großdeutschland. Er sieht sich erschrocken um, wie um festzustellen, ob ihm jemand den Gedanken angesehen hat; dabei spürt er einen stechenden Schmerz im Nacken, das verdammte gekippte Fenster zwei Reihen weiter, er saß die ganze Zeit im Zug.

Vielleicht ist er alt geworden. Er hat freiberuflich als Grafiker gearbeitet, es gab okayes Geld. Außerdem: erste Zahnbehandlungen, erste Rückenschmerzen, erster Drei-Tage-Kater, erste Sonntage auf der Couch. Wochenenden an der

Ostsee, im Hotel statt am Strand, erste Bekannte, die Kinder bekommen. Arztbesuche im Schnitt nicht mehr einmal pro Jahr, sondern einmal pro Monat. Dann die Pleite seines wichtigsten Auftraggebers, Wirtschaftskrise, erste Zahlungsverzüge. Erste Überweisungen von Katja.

Sie hat ihm dann vorgeschlagen zusammenzuziehen. Nicht aus Liebe, schiere Notwendigkeit. Katja hatte ohnehin die Schnauze voll davon, so zu tun, als wäre sie 20. In ihrem Alter wird die Zeit knapper, da ist die bessere Hälfte so gut wie rum, wenn man keine Kinder bekommt. Sie wolle, sagte sie, noch ein paar schöne Jahre haben, es klang nicht einmal dramatisch, nur ein bisschen sentimental. Am liebsten mit ihm. Ob er sich vorstellen könne, mit ihr hinauszuziehen aufs Land. Damals hatte er Tränen in den Augen vor Rührung, und jetzt, da er wieder daran denkt, immerhin einen Kloß im Hals. Ist es die Erinnerung oder wirkt das Bier schon? Er weiß es nicht. Er will ihr eine SMS schreiben, aber sein Handy liegt zu Hause; er bräuchte eine Leine für dieses verdammte Ding. In dem Kaff wird es sicher irgendwo eine Telefonzelle geben, Segen der Rückständigkeit. Noch zwei Stationen.

Von der S-Bahnhaltestelle aus sieht er Felder, in der Ferne die Hochhäuser der Vorstadt. Als er sich umdreht, kommt er sich vor wie ein Eroberer; all diese Maschendrahtzäune, menschenleere Vorgärten, weißgestrichene Fassaden. Er fühlt sich ganz leicht, die Sonne fließt durch sein Blut, er ist ein Viertel Dioptrin betrunken. Da, ein Stück rechts, gibt es eine Kneipe; vielleicht was essen, sonst fängt demnächst sein Kopf an, zu eng zu werden vor lauter Alkohol.

Als er den Schankraum betritt, sieht er zwei bleiche Gespenster am Tresen sitzen, die nicht mehr die Kraft haben, ihren Blick von den Gläsern zu heben. Wie alt die wohl sein mögen, fünfzig, hundert, vielleicht tausend Jahre? Er setzt sich an einen Tisch in der Ecke, streicht die Decke glatt, dabei verteilt sich ein bräunlicher Fleck über seine Handfläche: aha, Soljanka. Die Wirtin kommt zu seinem Tisch gestapft, als müsste sie den Boden einebnen, und fragt ohne Gruß, was es sein soll. Ein Bier, eine Soljanka. Im Hintergrund Wolfgang Petry.

Er isst und trinkt schweigend, argwöhnisch beobachtet nur von dem aufgeregt blinkenden Dartautomaten. Einmal rülpst eines der Gespenster, als müsste es beweisen, dass es noch gar nicht tot ist. Als er aufgegessen hat, wischt er sich seine Finger an der Tischdecke ab und trinkt den Rest des Bieres in einem Zug aus. Er hebt die Hand. »Fünfzwanzig«, schallt es vom Tresen her, er legt sechs hin und dann, großmütig: »Stimmt so.« Als er in der Tür steht, ruft er fröhlich »Servus« in den Raum, draußen giggelt er wie ein Teenager. Ein schöner Tag.

Das da ist also das Dorf, hier wird er hinziehen, zwei

Monate noch. Er war erst dreimal da, den ganzen Rest hat Katja gemacht, wie sie halt immer alles macht. »Mein Generalstab«, denkt er. Sie bezahlt die Rechnungen, sie kündigt die Wohnung, sie bucht das Umzugsunternehmen. Ein Umzugsunternehmen! Es ist noch nicht sehr lange her, da hätte er nicht glauben können, dass es so etwas ernsthaft gibt. Ob die wohl auch Ketten bilden?

Die Welt beginnt, sich ein wenig zu drehen. Da wird ihm das Dorf zu groß; er findet das Haus nicht. Immer wieder bleibt er stehen und schaut gebannt auf Kirschbäume, einen kleinen Tümpel, Gartenzwergkonstellationen; mein Gott, man wird sich anstrengen müssen, um da reinzupassen. Nach einer dreiviertel Stunde steht er wieder vor der S-Bahnhaltestelle.

»Ich hab ja ganz schön Durst«, sagt er laut zu sich, setzt sich auf die Wartebank und schläft kurz ein. Erst das Rütteln einer alten Frau weckt ihn, die, als er die Augen aufschlägt, sagt: »Junger Mann, der Zug ist da!« Verwirrt von der vielen Sonne, blinzelt er kurz; wie zur Beruhigung hebt er die Hand. Er steigt in einen Wagen. Erst an der Endhaltestelle fällt ihm auf, dass es die falsche Richtung war.

Eine Stunde später steht er wieder am Ausgangspunkt seiner Expedition, vor dem Gemüsehändler im S-Bahnhof seines Viertels, und weiß nicht wohin mit sich. Er setzt sich auf den Vorplatz, Menschen hasten vorbei, der Stau auf der vierspurigen Straße einige Meter weiter steht und bewegt sich, steht und bewegt sich, manchmal hupt einer. Drei Punks sitzen auf einer Bank und trinken, auf der nächsten sitzt ein Opa, isst Kürbiskerne und verteilt die Schalen in einem Radius von einem Meter um sich herum. Eine Gruppe Teenager-Mädchen schreit sich Worte zu, die er nicht verstehen will, ein junger Mann auf einem Fahrrad, mit Vollbart und Mütze, fährt sie beinah um. Er versucht, Bedauern zu empfinden, solche Szenen demnächst nicht direkt vor der Haustür zu haben; stattdessen ist er nach sehr kurzer Zeit gelangweilt. Er will noch was trinken, vielleicht in seiner alten Stammkneipe, da war er schon sehr lange nicht mehr.

Die Kneipe liegt ein wenig versteckt, in einer kleinen, gepflasterten Straße, sie hat keinen Aushänger, nur eine riesige Glasfront, die sich drei Meter weit zieht; dahinter sieht man ein Aquarium leuchten. Am langgezogenen, geschwungenen Tresen sitzen ein paar Stammgäste, er kennt sie noch von früher und klopft dreimal auf Holz – müde Hände antworten ihm. Er setzt sich in eine Ecke und bestellt sich ein Bier bei der Bedienung, die er nicht kennt; hinter ihm der Kicker, an dem er viele Nächte verbracht hat, ein altes, klappriges Gestell, mit einem Bodenbelag wie aus Honig, bei drei Figuren waren schon immer die Schrauben abgebrochen. »Ach«, sagt er, nimmt einen

Schluck Bier und stellt sich an die Stangen für ein paar Trockenübungen.

»Ach!«, sagt eine Stimme hinter ihm, dann fällt donnernd ein Baum auf seine Schulter. »Der Lolo! Das is' ja mal 'ne Überraschung.«

»Ach«, antwortet Lorenz, während er beidreht. »Der Peter!«

Sie umarmen sich, halb ungestüm, halb ungeschickt, Lorenz ist beinah, als müsste er dem Peter die Wange küssen.

Was er denn hier mache, fragt Lorenz, und Peter antwortet mit einer vagen Handbewegung; er habe ihn durchs Fenster gesehen und gedacht, dass das ja auch schon sehr lange her sei; und ach ja. Sie schweigen, dann hebt Peter die Hand und winkt der Tresenkraft, als wäre sie ein Überseedampfer.

»Und, biste immer noch mit dem Mannsweib zusammen?«

Stimmt ja, denkt Lorenz, die haben sich nicht besonders gut vertragen. Er mustert den Peter kurz, die Körperhaltung eines alten Boxers, groß und breit und etwas müde, kurze Haare, Gräue im Gesicht, immer das leise Grinsen eines gutgelaunten Norddeutschen, der sich durch Nebel kämpft, auf den Lippen.

»Mnaja«, sagt Lorenz, »und du? Jobbste noch oder arbeiteste inzwischen?«

Peter winkt ab, früher hat er sporadisch Biologie studiert, aber sich dann doch lieber nachts in Clubs rumgetrieben. Sehr beliebt bei Frauen, weil mit großem Charme und einer urwüchsigen Natürlichkeit ausgestattet, nicht unbedingt gutaussehend, aber doch auratisch; vor allem diese Fähigkeit zur Hingabe. Wenn er einen ansieht, hat man den Eindruck, dass nichts anderes auf der Welt existiere außer ihm und einem selbst. Das ist wie Moses auf dem Sinai, denkt Lorenz. »Komm«, sagt Peter, »lass eins spielen. Wie früher.«

Später setzen sie sich wieder auf die Hocker, Lorenz findet, die wackeln. Peter erzählt das gleiche Zeug wie immer, über Filme und Serien und Comics und Musik, nur die Namen haben sich geändert, Lorenz nickt sehr oft, um nicht einzuschlafen. Und was wohl die Lisa macht? Ach, die ist in München? Ja, aber warum das denn? Ach, die ist jetzt Anwältin! Festangestellt, das hat er gar nicht kommen sehen, obwohl, doch: Als er ausgezogen ist, da hat sie gerade angefangen mit dem Lernen fürs zweite Staatsexamen, da kam sie kaum mehr aus ihrem Zimmer raus, nur abends, um zusammen zu kochen. Wenn sie danach noch eine Flasche Wein geöffnet haben, Peter und er, hat sie sich sofort zurückgezogen, und sie haben über sie gesprochen wie über eine Dissidentin.

»Ja, als du dann ausgezogen bist, war's nicht mehr wie's

war«, sagt Peter und guckt sauertöpfisch. Sie trinken Schnaps und halten inne, als es hinter ihnen zu klacken und zu kichern beginnt. Zwei junge Frauen stehen am Tisch und trullern mit den Stangen, hübsch angemalt und laut lachend. Warum tragen solche Leute immer Querstreifen?, fragt sich Lorenz, immer müssen es Querstreifen sein, was kann das bloß zu bedeuten haben? Sein Kopf wippt nachdenklich um den Körperschwerpunkt herum.

»Komm«, sagt Peter und klopft ihm auf den Unterarm; sie stellen sich dazu und fragen, ob sie einsteigen könnten. Die eine guckt skeptisch, die andere nickt fröhlich, breit grinsend. Die ist ja süß, denkt Lorenz, auf ihre Seite geht der Peter hin, na klar. Kaum holpert der Ball über das Feld, hat er schon das erste Tor gefangen. »Oh Mann«, sagt seine Mitspielerin. Lorenz verengt die Augen zu Schlitzen und versucht, sich zu konzentrieren; von zehn Spielen verlieren sie acht.

Draußen zieht Dunkelheit über den Himmel, die Spätkäufe und Dönerbuden beginnen, aufgeregt zu blinken; eine Straße wie ein geschmacklos dekorierter Weihnachtsbaum. Lorenz verliert sein Zeitgefühl, wie früher, als es für ihn noch keine Wochentage gab und es egal war, ob in acht oder in zwei Stunden die Sonne aufgeht, oder eben nie. Irgendwann kommen andere Leute an den Tisch und wollen auch spielen, der Verlierer muss runter, und Lorenz steht am Tischende und sieht dem Peter beim Gewinnen zu. Die Grinsefrau jauchzt. Die andere geht irgendwann, da sieht Lorenz schon nur noch einen halben Meter weit.

Er setzt sich an den Tresen, irgendwann kommt Peter dazu: Ob er noch Lust habe, mit in einen Club zu kommen. Um was zu tun?, denkt Lorenz bitter: in der Ecke rumstehen, zu teures Bier trinken, mit Leuten reden, damit man etwas hat, das man am nächsten Tag wieder vergessen kann.

»Ich zieh' weg aus Berlin«, sagt er leise, da sagt Peter: »Ach was«, aber er schaut halt auch den Querstreifen hinterher, die Richtung Toilette wackeln. »Das musste mir mal in Ruhe erzählen«, sagt Peter, als Lorenz weiter schweigt. Und ob er jetzt mitkommen wolle oder nicht, aber in Lorenz sind längst alle Lichter ausgegangen. Er winkt ab, wirft sein Geld auf den Tresen und wankt vor die Tür; zehn Minuten steht er da, bis er sich an den Weg nach Hause erinnern kann.

Zu Hause angekommen, verstreut er seine Sachen in der Wohnung und legt sich im verrauchten T-Shirt ins Bett; Katja liegt da und brummt, halb im Schlaf, zur Begrüßung:

»Sag mal, wo warst du denn?«

»Ich hab mein Handy vergessen«, sagt er und legt, schon halb schnarchend, seine Hand in ihre.

»Ach so«, sagt Katja und schläft wieder ein.

VERBRECHER VERLAG

Frédéric Valin

RANDGRUPPENMITGLIED

Erzählungen

Broschur
128 Seiten
13 €

ISBN: 978-3-940426-58-1

Geschichten über Kranke, Psychotiker, Gescheiterte und Ausgeschlossene – es sind Geschichten von kleinen Leuten, Figuren vom Rand der Gesellschaft, die Frédéric Valin interessieren. Mit einem feinen Hang zur Ironie, doch nie ohne Empathie erzählt Valin von den Schicksalen der Randgruppenmitglieder. »Man hat schon das Bedürfnis, sie in den Arm zu nehmen, aber das will sie nicht, nie. Es wäre auch unprofessionell, klar, aber wenn sie dasitzt, verspüre ich einen Impuls, sie in den Arm zu nehmen und irgendwas zu flüstern. Irgendwas Erlogenes. Dass alles wieder wird und es nicht so schlimm ist und, ja. Doch wenn ich in ihre Nähe komme, denk ich immer, wenn sie ein Beil hätte, würde sie's mir in den Oberschenkel hacken.«

Verbrecher Verlag Gneisenaustraße 2a 10961 Berlin
www.verbrecherei.de info@verbrecherei.de

VERBRECHER VERLAG

Lisa Kränzler

EXPORT A

Roman

272 Seiten
Hardcover
21 €

ISBN: 978-3-943167-03-0

In Kanada, diesem für sie fremden Land, muss sich Lisa Kerz in das Highschool-Leben mit seinen neuen Regeln und Hierarchien einfügen. Und sie ist hin- und hergerissen zwischen den Extremen: auf der einen Seite das aufregende Neue, die Stoner, verlorene Jungs, die sie kennenlernt und mit denen sie schließlich in eine Wohngemeinschaft zieht – mit Punkrock, Drogen, Alkohol, Hunger und Zärtlichkeit. Auf der anderen Seite stehen die sonntäglichen Kirchenbesuche mit der Schwester, mit Predigten, die einer ausgeklügelten Choreografie folgen und angefüllt sind von Gottesliebe, aber auch von Warnungen vor dem Teufel und dem Bösen – und die unbedingte christliche Demut und Enthaltsamkeit verlangen. Lisa droht, zwischen der Angst vor der ewigen Verdammnis und ihrem wilden Leben zerrieben zu werden. In Rückblenden und mit feinsinniger Montagetechnik erzählt Lisa Kränzler in einer wunderbaren Sprache vor der Folie einer in Eis und Kälte erstarrten Landschaft von Einsamkeit und Erwachsenwerden, von Ekstase und Schuld. Ein packender Debütroman!

Lisa Kränzler, geboren 1983, ist bildende Künstlerin und lebt in Freiburg. Sie studierte Malerei an der Staatlichen Akademie der Bildenden Künste Karlsruhe und war 2010/11 Meisterschülerin bei Prof. Tatjana Doll. Ihr Debütroman »Export A« wurde für den Klaus-Michael Kühne-Preis 2012 und für den Rauriser Literaturpreis 2013 nominiert.

Verbrecher Verlag Gneisenaustraße 2a 10961 Berlin
www.verbrecherei.de info@verbrecherei.de

VERBRECHER VERLAG

Lisa Kränzler

NACHHINEIN

Roman

272 Seiten
Hardcover
22 €

ISBN: 978-3-943167-16-0

Der Roman »Nachhinein« erzählt von der Entwicklung zweier Mädchen und ihrer schwierigen Freundschaft. Zwischen beiden gibt es einen wesentlichen Unterschied: Die eine wächst gut behütet auf und wird geliebt, darf sogar rebellisch sein, die andere hingegen kommt aus schwierigen sozialen Verhältnissen, wird angegriffen und in ihrer Familie missbraucht. Bald verändert dies auch die Beziehung der Mädchen zueinander, die von kindlicher Liebe, bald auch von Eifersucht und erwachender Sexualität, von Machtspielen und Grausamkeit geprägt wird. Bis die Ereignisse außer Kontrolle geraten ...

Im Juli 2012 erhielt Lisa Kränzler den 3sat-Preis beim Bachmann-Wettbewerb in Klagenfurt für ihren Text »Willste abhaun«, einen Auszug aus »Nachhinein«. »Ein sehr intensiver und durchkonstruierter Text, dabei aber nicht spröde – hier wird der Leser wieder seinen eigenen Kindheitserfahrungen ausgesetzt«, meinte Juror Paul Jandl.
»Nachhinein« war für den Preis der Leipziger Buchmesse 2013 nominiert.

Verbrecher Verlag Gneisenaustraße 2a 10961 Berlin
www.verbrecherei.de info@verbrecherei.de

VERBRECHER VERLAG

Enno Stahl
WINKLER, WERBER
Roman

Broschur
320 S.
18 €

ISBN: 978-3-943167-47-4

Jo Winkler ist Werbetexter und kein sehr netter Mensch. Er ist zynisch, frauenverachtend und überheblich. Dabei ignoriert er seine körperliche und moralische Verfassung, denn sie passt so gar nicht in das Selbstbild des Senior Texters der Kölner Werbeagentur Goldreklamen. Das gelingt ihm bis zum diesjährigen, mehrtägigen Betriebsausflug auch ganz gut, bei dem sein Chef alles auffahren lässt, was seiner Meinung nach am Rhein dazugehört: Dampferfahrt, Kegeln in Bad Neuenahr und ein abschließender Kasinobesuch. Doch nicht nur Winkler muss sich hier der Wahrheit stellen …

»Winkler, Werber« zeichnet die innerliche Verfassung derer nach, die für die ökonomische Katastrophe verantwortlich sind und nun selbst von ihr verschlungen werden. In den inneren Monologen Winklers geht Enno Stahl auf die Suche nach den seelischen Abgründen ihrer Verursacher und zeichnet so ein Psychogramm der Krise. Das Tempo des Romans passt sich dabei stets dem Erregungsgrad Winklers an. Enno Stahl bedient sich eines »Pulsationsstils«, der den Monolog Winklers beschleunigt und verlangsamt, so lange, bis sich das Verdrängte nicht mehr leugnen lässt.

Verbrecher Verlag Gneisenaustraße 2a 10961 Berlin
www.verbrecherei.de info@verbrecherei.de

VERBRECHER VERLAG

Enno Stahl

DISKURSPOGO

Über Literatur und Gesellschaft

Broschur
288 Seiten
18 €

ISBN: 978-3-943167-22-1

Warum ist realistische Literatur oft nur pseudorealistisch und die sogenannte Popliteratur lediglich ein erfolgreiches Marketingprodukt?

In drei Kapiteln analysiert Enno Stahl – teils kritisch und konfrontativ, teils verwundert – die aktuellen gesellschaftlichen Veränderungen, die Politik unserer Zeit und die (fehlende) Auseinandersetzung damit in der deutschen Gegenwartsliteratur. Er untersucht u. a. Christian Kracht, Ernst-Wilhelm Händler und Juli Zeh mit ideologiekritischer Verve, analysiert die Social-Beat-Bewegung, Poetry-Slams und die Anfänge des deutschen Punk im Ratinger Hof in Düsseldorf.

Außerdem geht es um Ausbeutung in der heutigen Arbeitswelt, von der katastrophalen Lohnsituation bis hin zum Schlafentzug. Diese wird in der Gegenwartsliteratur kaum thematisiert, da Erwerbsarbeit hier keine Rolle zu spielen scheint. Demgegenüber entwickelt Stahl eine Programmatik, in der er zeitgenössisches literarisches Engagement fordert, eine Literatur, die sich den gesellschaftlichen Aporien stellt.

Enno Stahl, geboren 1962, Studium der Germanistik, Philosophie und Italianistik (1997 Dr. phil.), lebt in Neuss. Er veröffentlichte Prosa, Lyrik, Essays, Glossen und Kritiken in Zeitungen und Rundfunk sowie in Zeitschriften und Anthologien.

Verbrecher Verlag Gneisenaustraße 2a 10961 Berlin
www.verbrecherei.de info@verbrecherei.de

VERBRECHER VERLAG

David Wagner

WELCHE FARBE HAT BERLIN

224 Seiten
Broschur
14 €

ISBN: 9783940426963

David Wagner wandert durch die Stadt, allein, manchmal in Begleitung. Was ist die Stadt? Wie lässt sie sich beschreiben? Immer wieder stößt er auf die Trümmer der deutschen Geschichte. Wagner erzählt, wie sehr sich die Stadt in den letzten zehn Jahren verändert hat. Er macht ein Praktikum als Türsteher in der »Flittchen Bar«, trifft die Füchse auf der Pfaueninsel und einen müden Bürgermeister neben einem Bärenkostüm. Er spaziert durch die Randgebiete und durch den alten Westen. Er geht die Baustellen ab und erinnert sich an Baulücken. David Wagner läuft seit zwanzig Jahren kreuz und quer durch Berlin. Er ist ein Stadtwanderer, »in Halbtrance, gepaart mit dem Willen zur illusionslosen Genauigkeit«, wie die Wochenzeitung Die Zeit meinte. »Welche Farbe hat Berlin?« versammelt größtenteils unveröffentlichte Texte, die in den letzten Jahren entstanden sind.

David Wagner
MAUER PARK

Broschur mit Abbildungen
240 Seiten
14 €

ISBN: 978-3-943167-41-2

Was ist aus der neuen Pracht von gestern geworden? Wie sieht das Neue Berlin von vor fünfzehn Jahren heute aus? Bröckelt es schon am Potsdamer Platz? Glitzert die Glasarchitektur noch und sind nun alle Brachen der Friedrichstraße bebaut?
David Wagner flaniert wieder durch die Straßen der Stadt und besucht die Plätze und Bars, die er in seinem 2001 erschienen Band »David Wagner in Berlin« beschrieben hat. Mauer Park vereint diese klassischen Berlin-Feuilletons der neunziger Jahre mit neuen Stadtbetrachtungen. Nebeneinander gelesen zeigt sich, wie radikal Berlin sich verändert und wie sehr diese Stadt dazu verdammt ist, immerfort zu werden.
David Wagner wundert sich über Luxus-Apartments an der Schönhauser Allee, sitzt wieder im Café M, tanzt in der Flittchenbar und trinkt im Kumpelnest 3000. Und staunt darüber, dass die Wagenburg an der Lohmühle nun einen eigenen Bürgermeister hat.

David Wagner, geboren 1971, lebt seit 1991 in Berlin. Im Jahr 2000 erschien sein mehrfach preisgekrönter Debütroman »Meine nachtblaue Hose«, sein Roman »Vier Äpfel« fand sich auf der Longlist zum Deutschen Buchpreis 2009. Sein Roman »Leben« wurde 2013 mit dem Preis der Leipziger Buchmesse ausgezeichnet.

Verbrecher Verlag Gneisenaustraße 2a 10961 Berlin
www.verbrecherei.de info@verbrecherei.de